七次东方旅行记

QICI DONGFANGLVXINGJI

【芬兰】G·J·兰司铁 著
泰米尔 译

内蒙古出版集团 内蒙古人民出版社

图书在版编目(CIP)数据

七次东方旅行记/(芬兰)兰司铁著;泰米尔译.
-呼和浩特:内蒙古人民出版社,2013.12
ISBN 978-7-204-11459-7

Ⅰ.①七… Ⅱ.①兰… ②泰… Ⅲ.①游记
-作品集-芬兰-现代 Ⅳ.①I531.65

中国版本图书馆 CIP 数据核字(2013)第 319864 号

七次东方旅行记

著　　者	(芬兰)D.J 兰司铁著　泰米尔译
责任编辑	巴德日夫
封面设计	李　琳
出　　版	内蒙古出版集团　内蒙古人民出版社
地　　址	呼和浩特市新城区新华大街祥泰大厦
印　　刷	内蒙古爱信达教育印务有限责任公司
开　　本	880×1230　1/32
印　　张	6.5
字　　数	200 千
版　　次	2014 年 3 月第 1 版
印　　次	2014 年 3 月第 1 次印刷
印　　数	1-3000 册
书　　号	ISBN 978-7-204-11459-7/G·2752
定　　价	21.00 元

如出现印装质量问题,请与我社联系。联系电话:(0471)4971562　4971659

前　言

古斯塔夫·约翰·兰司铁(1873－1950)出生在芬兰南部沿海城市埃格纳斯(塔米萨里)的一个讲瑞典语的工人阶级家庭。对芬兰民族运动的热情使得他在赫尔辛基大学学习了古典东方乌拉尔语言和阿尔泰语言。1898年,年仅25岁的他,被芬－乌戈尔学会派到当时还属于清朝疆域的喀尔喀蒙古地区。他在蒙古的任务是学习和研究蒙古书面语和口语,这项芬兰的语言学研究传统是由M·A·卡斯特伦(1813－1852)在此前50多年前开创的。

在(1898－1912)十五年的时间里,兰司铁总共做了七次向东的旅行。在这些旅行中,他搜集了大量蒙古语、突厥语和通古斯语言的资料。例如伏尔加地区卡尔梅克人、俄罗斯与阿富汗边境上的莫卧儿人、高加索地区的库梅克人和诺盖人的语言。他还学习了这些地区的古代书面语言,其中包括古突厥语和中世纪蒙古语。

在1902年出版其博士论文《喀尔喀蒙古语的动词变化》之后,兰司铁在蒙古语语言研究方面的权威性在国际上得到了广泛的承认。兰司铁本着当时新形成的新语法学派的精神,成为了现代蒙古语研究的创始人。与此同时,他开始了一项比较蒙古语和其他语族的长期研究。最终,他提出阿尔泰语系中应包含蒙古语族、突厥语族和通古斯语族。1917年,兰司铁任命赫尔辛基大学的阿尔泰研究教授,直到1941年退休。

直到1917年,芬兰都是俄罗斯帝国的领土。但在十月革命之后芬兰脱离俄罗斯成为了一个独立的国家。与此相似地,在1911－1912年期间,辛亥革命之后,蒙古脱离清朝宣布独立。兰司铁在芬兰和蒙古的独立运动中均有参与。1919 年,他任命芬兰的第一位至远东的外交代表。虽然芬兰大使馆在东京,但是其他远东国家,包括泰国和中华民国也承认了兰司铁的身份。

兰司铁在日本生活至 1929 年。在此期间,虽然他已不用担任赫尔辛基的教授职责,却一直没有间断他的科研工作。他很快学会了日本语,又对朝鲜语发生了特别的兴趣。回到芬兰之后,他在 1939 年出版了一本重要的朝鲜语语法书,此后又出版了关于朝鲜语词源研究的书。兰司铁的主要结论是:朝鲜语(而不是日语)也属于阿尔泰语系。

今天,兰司铁被认为是其研究领域——蒙古学、朝鲜学和阿尔泰学的先驱者。如今阿尔泰学依然是芬兰重要的学术领域。它也早已变得国际化,许多国家,例如德国、俄国、匈牙利、土耳其、蒙古、韩国、日本和中国都在致力于阿尔泰学的研究。兰司铁对于俄罗斯(后加入美国籍)蒙古学家尼古拉·鲍培的影响甚大,他也曾提到兰司铁是他的"导师"。在某种程度上,今天所有阿尔泰学者都是兰司铁的徒弟,因为之后所有的蒙古语、突厥语和通古斯语言学的研究成果都是基于兰司铁的学说完成的。

近年来,许多欧洲学者和俄罗斯学者的游记、回忆录和其他作品被译成了中文。这些译本成为了两个国家和两种学术传统极好的桥梁。兰司铁不仅是一位重要的学者,他还是一个很好的回忆录作者。最令人高兴的是,现在他的旅行记将要在中国出版。

令我极其高兴的是,泰米尔小姐完成了这本书的汉译工作。她的父亲也是我的内蒙古同行和好友布赫朝鲁教授。我相信这本书的出版将会为芬兰与中国内蒙古友谊的加深做出贡献。

楊虎嫩

赫尔辛基大学东亚语言文化教授

中国内蒙古大学名誉教授

译者序

兰司铁(G. J. Ramstedt,1873—1950),芬兰人,曾任赫尔辛基大学教授,芬兰科学院院士,是享誉世界的东方学家、阿尔泰比较语言学理论奠基人。著有《卡尔梅克语辞典》、《喀尔喀蒙古语的动词变化》、《朝鲜语词源研究》、《朝鲜语语法》、《阿尔泰诸语言与日语的比较研究》、《阿尔泰语言学导论》等学术著作。此外他还著有游记——《七次东方旅行记》。

兰司铁从1898开始向东旅行了七次,所经之地包括南俄、中亚、西伯利亚和蒙古。回到芬兰许多年后,应芬-乌戈尔学会学者们的强烈要求,兰司铁将旅行中的所见所闻写了下来,于1944年第一次在赫尔辛基出版。该书在芬兰再版了4次。《七次东方旅行记》曾先后被翻译成瑞典文、英文、朝鲜文和日文。此汉译本是根据美国东方学家J. R. 克鲁格(John. R. Krueger)的英译本(1978年印第安纳大学出版)翻译的,同时还参考利用了芬兰文原文(1951年赫尔辛基第二版)和荒牧和子日译本(1992年东京中央公论社版)。

该游记不仅记录了喀尔喀蒙古地区的人文风俗,还描写了卡尔梅克人、土尔扈特人、切列米斯人、俄罗斯人、哥萨克人、库梅克人、诺盖人、莫卧儿人的后裔等诸多民族的历史风俗，是非常难得的历史资料。

笔者在翻译过程中收到了赫尔辛基大学教授 Juha Janhunen 和 Harry Halen 先生提供的相关资料，在此向他们表示衷心的感谢。感谢印第安纳大学教授克鲁格先生于 1978 年将此书译成英文。感谢印第安纳大学蒙古学中心（The Mongolia Society Indiana University）给予本人克鲁格教授英译本的翻译权。感谢内蒙古大学蒙古学研究中心的全体恩师。感谢我的父亲和母亲，他们在这本书的翻译过程中给了我非常大的帮助和支持。由于本人学识浅薄，翻译中难免出现错误，望读者指出批评。

泰米尔

2013 年 12 月

目　录

1 求学的日子

当我还是个年轻又好奇的学生时，就对语言和民族有着浓厚的兴趣。我上的是瑞典语学校，但在我居住的土尔库城外的劳尼斯杜拉区里芬兰语是主要语言。这里也有操其他语言的人们，例如当时这里至少有两个俄罗斯家庭，也有人讲波兰语，还有一些懂英语的水手。我在学校学习了拉丁语和希腊语，在大学入学考试中也通过了希腊语和俄语的考试。我曾经想过将来要当牧师。但我在大学学习了拉丁语，希腊语和希伯来语，并且在学习 J. N. 路途教授①的梵语课程时开始对比较语言学产生了兴趣。当时，我和两位同学即后来在赫尔辛基和图尔库成为教授的海基·欧岩苏②和同样在赫尔辛基成为教授的顿杰罗③一起研究语法问题并努力破译那些难懂的文字。由于考试成绩最好，我们三个当中我第一个得以报名参加奥托·唐纳教授④开设的梵语课程。

---

① J. N. 路途(1863 – 1937)，芬兰语言学家。

② H. 欧岩苏(Heikki Ojansuu1873 – 1923)芬兰语言学家，曾在赫尔辛基大学、图尔库大学和赫尔辛基商学院从事语言学教学工作。著有芬兰最大部头的方言词典《杜尔瓦方言词典》。

③ 顿杰罗(Eemil Aukusti Tunkelo1870 – 1953)，芬兰语言学家，曾任芬 – 乌戈尔学会主席和芬兰科学院院士。

④ 奥托·唐纳(Otto Donner1835 – 1909)、芬兰语言学家和政治家，芬 – 乌戈尔学会的奠基人之一。曾在赫尔辛基大学讲授梵语和比较印欧语言学。当过芬兰参议员，任过教育部长。奥托·唐纳对兰司铁青年时期的影响很大。

芬-乌戈尔学会[1]的创始人之一奥托·唐纳教授，一直把一件事情当成自己的责任。那就是发现和培养有志于继承由马迪亚斯·亚历山大·卡斯特伦[2]和工作在圣彼得堡科学院的芬兰人安德列斯·约翰·斯约仁[3]的研究事业的年轻人。一些年来，奥托·唐纳寻找着合适的年轻人，并资助着他们。在担任芬-乌戈尔学会主席期间，他也用大量资金捐助着学会。

由于当时我得到了一份在土尔库芬兰语中学讲授瑞典语的薪酬不错的工作，就提前完成了我的大学毕业考试。但我在那里只干了两年就辞职了，因为唐纳教授答应聘用和资助我。

这时一位名叫乔治·胡特的德国学者来到芬兰，试图与唐纳教授合作组织一次去往亚洲的语言学田野调查。奥托·唐纳承诺如果一位年轻的芬兰学生愿意同行，他将支付旅行的一切费用。开始他们提议，一位由唐纳教授资助在柏林学习汉语的文学硕士与乔治·胡特同行。但由于那位叫做雨果·隆德的硕士拒绝以这位德国学者（犹太人）的助手身份（而不是伙伴）随行，唐纳便开始与我讨论亚洲旅行的事情。

雨果·隆德后来告诉我，有一次他在柏林与胡特博士讨论芬兰人和芬兰语时展开过一场激烈争论。胡特博士认为芬兰人的祖先是蒙古人即亚洲人，他们是从别处来到欧洲的。这也许是卡斯特伦观点的延伸，并不是十分有根据。关于芬兰人的祖先究竟是

---

① 芬—乌戈尔学会（Finno－Ugrian Society）是芬兰历史最悠久，规模最大的学术团体之一，自1883年成立以来致力于研究乌拉尔语系、阿尔泰语系语言及讲这些语言的人民的民族志、历史与史前史的研究。出版《芬—乌戈尔学会杂志》等出版物，对相关学术工作提供助学金或研究资料。

② 马迪亚斯·亚历山大·卡斯特伦（Mathias Alexander Castrén1813－1852），芬兰著名民族学家和语言学家。

③ 安德列斯·约翰·斯约仁（Anders Johan Sjögren1794—1855），芬兰人，著名探险家、语言学家和人类学家，圣彼得堡科学院院士。

否是蒙古人或蒙古人种的问题一直是我学生时代最感兴趣的问题之一。

1897 年春天,唐纳教授、胡特博士和我正在为去蒙古旅行作计划。唐纳教授承诺所有费用方面的事情都将由他打理。但是,当我发现胡特博士既不懂俄语,又不愿意骑马旅行(他的身材又矮又胖),而且在赫尔辛基时甚至要求我作为他的年轻助手去帮他拿行李和处理所有琐碎的事情时,我犹豫了。而当我得知唐纳教授打算让胡特博士掌管所有经费时,我婉言拒绝了与他同行。胡特博士一无所获地离开了赫尔辛基,唐纳教授的计划也被打断了。之后我提出,如果允许我独立完成,我将进行田野调查。最后,有唐纳教授每月给我提供助学金,我就又开始了在赫尔辛基的学习。这次我致力于芬 - 乌戈尔语言的学习。我的老师埃米利·内斯特·赛达拉教授非常认可我做出的努力。在 1897 - 1898 年的学年中,我学习了芬 - 乌戈尔语系语言,语音学和俄语。唐纳教授所感兴趣的事业变成了我人生的主要目标,由此我将成为一名远方语言的专家,一名突厥语和蒙古语专家。

我清楚地知道,芬兰人早期的历史问题或所谓乌拉尔阿尔泰的问题是一个待解决的问题。由于蒙古人和土耳其人的学术水平还尚不能为此问题提供一个满意的答复,我想一个芬兰人,一个芬兰语专家可能会比一个德国人或一个瑞典人更适合完成这项任务。

但无论如何,我当时只是一个年轻的硕士,在诸多方面我的知识和能力还不能熟练地解决复杂的学术问题。因此,首先我需要以某种方式来检验自己的能力。于是赛达拉教授和芬 - 乌戈尔学会为我安排了一次考察沿伏尔加河流域的切列米斯人的旅行。过去很少有人对切列米斯人的语言进行过调查研究。这样,1898 年我进行了第一次田野调查,后来又做了一系列类似的旅行。

2 切列米斯人的村庄和穿越西伯利亚的旅行

赫尔辛基大学校长办公室给了我 1000 芬兰马克用于这次田野调查。在这之前,我刻苦学习了语音学和芬－乌戈尔语言学,尽全力把俄语口语练熟了。我对自己能为芬－乌戈尔研究做出贡献充满了信心。

在图尔库时,我结了婚。这个时候,我已经是刚满两个月大的女孩儿的父亲。于 1898 年 6 月 5 日,我带着我的家人从赫尔辛基火车站踏上火车。我们的护照是上一代的人很熟悉的那种用三种语言写成的细条纸,是由芬兰乌西玛省总署于 6 月 4 日签发的。我们的行李并不多,但我们带着一辆漂亮的婴儿车,一架好相机和充足的药物等等。到达圣彼得堡之后,我们当晚就踏上了去往莫斯科的火车,然后从莫斯科又转乘去往下诺夫哥罗德的火车。

记得在莫斯科,当我们看到漂亮的绿色房顶、众多的教堂和脏兮兮的敞篷马车车夫时觉得很新奇。但我们对于一种大街小巷都能看到的又小又白的废弃物感到更惊奇。人们咀嚼后吐出来的那东西究竟是什么？刚开始妻子和我都以为,这就像在图尔库,人们在街道撒上盐,以防止铺路石间隙里长出杂草。但很快我们又明白原来这些白色东西是葵花籽皮,是俄罗斯人走在街上吃葵花籽时吐出来的。

在下诺夫哥罗德我们踏上一艘蛮气派的萨摩亚特公司轮船。从甲板上能观赏到周围的环境,妻子和我第一次看到伏尔加河沿岸广阔的风景、过往的船只和匆忙的人群。对于一个初来乍到的人,乘坐明轮轮船在伏尔加河上旅行的感觉真是无以伦比。

船长发现我们是外国人,于是就走过来与我们说话。他说他来自里加。他用德语跟我们说,我们的目的地科兹莫杰米扬斯克根本不是什么真正的城市,那里只有 4 - 5 千个居民,也没有能供我们过夜的旅店。因此,船长用友好的语气劝我们在轮船码头的栈桥里过夜。在这里,我必须向我的读者解释,沿伏尔加河的轮船码头是由大型驳船做成的。驳船的甲板上堆放着货物,人们来回穿梭着;而甲板下,是贮藏间和巡夜人的住处等。这些驳船被牢牢地拴在了岸上,并且由一条宽宽的舷梯通往岸边。

尽管船长一再劝说,我们却不大情愿在码头过夜或在那里滞留。但我们到达科兹莫杰米扬斯克后船长还是安排我们住在了驳船甲板下的客房里。那里有他先前向我们吹嘘过的柔软的睡椅和舒适的椅子。但在轮船离驶后不久甲板上搬运麻袋和装载货物的声响便开始不绝于耳。突然,一艘进港的轮船撞到了我们的驳船,使得我们刚刚入睡的小女儿差点从沙发上滚落下来。我妻子开始对我们的住处感到非常不安,她认为船长骗了我们,尽管码头守卫一直尽可能地为我们提供着服务。

夜幕下,高高的河堤下面还走着一些俄式四轮敞篷马车。我走到其中一辆马车前询问这里是否有旅馆。车夫很确定地说,这里当然有那样的地方。在码头守卫惊愕的眼神中,我们将行李搬上了四轮马车,扬尘离去。

但是车夫没有听明白我的意思,他把我说的“旅馆”理解成了“酒馆”。在去过几家闹哄哄的酒吧之后我终于成功地让他明白我们是想找一个能过夜的地方。“啊,诺麦拉,诺麦拉”车夫说,“你应该跟我说‘诺麦拉’”。我并没有弄懂他所说的“诺麦拉”,但我们的马车颠簸着穿过科兹莫杰米扬斯克黑暗、肮脏的街道后最终停在一扇紧闭的大门前，车夫敲击着大门，喊道："阿格拉菲娜，阿格拉菲娜，我给你带客人来了！"

一个蓬头乱发的老妇人打开大门，手忙脚乱地迎接了我们。她往车夫手里塞了一些钱，随即开始称赞自己的房子。我们穿过庭院来到一所破败不堪的房子跟前，从一扇山墙上的门进入到了仄仄的走廊。走廊的两边都有房间。"这间住一天 60 戈比。""没有比这个大一些，好一些的房间吗？""天啊，有的，比如这一间，要 80 戈比。""那边那一间是不是更大一些？"第三间空屋子要一个卢布，尽管比其它屋子强不到哪里去，我们还是选择了那间。

我们带着所有行李在屋内等待有人来收拾床铺，因为除了一张可怜的床垫，光秃秃的床架上再无其他东西。我们等待着，老妇人却不见人影。原来她是进自己的房间睡觉去了。我找到她后问她有没有茶水。"马上来！"几分钟后老妇人带着一把沸腾的俄式茶壶和空茶碗来到我们面前。我和妻子目睹着这一切，感到非常惊奇。可我们的客栈主人阿格拉菲娜显然对我们觉得更加匪夷所思，因为我们居然没有随身带着茶，糖，杯子和勺子。她对我们发了牢骚，因为我们想要睡在床单上，而从种种迹象来看她这里应该没有那种东西。

那一晚我们和衣而睡。次日早晨一个警察来把我们的护照拿去盖章。他走后没过多久又回来要求我们一同去警察局跟他们的局长谈话。

前面我提到过，我们的护照是 1898 年 6 月 4 号签发的。我们马不停蹄地来到此地。而在当时，按俄罗斯的历法要比我们的晚 12 天，所以我们到达时候的俄罗斯还在 5 月份。

警察局长告知我，据护照上的日期来看，我们的护照是无效的，说它很明显是伪造的。我向他解释在芬兰我们使用着不同的历法。警官说他当然知道外国在使用新历法的事情，但乌希玛省政府是隶属于俄国的。我与他争论起来,他对于我的辩解感到很气恼,命令我出去。而没过多久,他又亲自大驾光临阿格拉菲娜家告知我们由于未持有效的护照,我们必须在 24 小时内离开这座城市,否则他将命令警察用囚车遣送我们回芬兰。

事情糟透了。这次我真的是要哭了。警官看了一眼我的妻子和女儿,对我说:"你不用如此萎靡和沮丧。你一定带着钱吧?"我试图解释自己是在去这座城市邻近的切列米斯人居住地的旅途上,在这里是短暂逗留而已,但这无济于事。"那地方归我管,因此你的整个旅行许可还得靠我。"这是他的回答。

局长走了后,我揣着自己无效的护照出去买了杯子、勺子、茶和糖,在痛苦之余又去拜访了一位医生。科瓦列夫斯基医生为我解答了局长特殊的暗示:"你有钱","你想要旅行许可得靠我","这件事情有办法解决"。我眼前的迷雾渐渐散去。总之,我决定绝不贿赂任何人,也绝不给那位警察局长一文钱,因为我是完全有合法权利呆在此地的。

阿格拉菲娜为我们准备好俄式茶壶,还承诺只要我们有东西放在锅里,她就给我们做饭。然后我去警察局说明自己打算去拿来另一个护照,只希望他们能让我年轻的妻子和孩子在阿格拉菲娜那里呆几天。这个要求被痛快地接受了。

傍晚 6 点钟左右,萨摩亚特公司的码头上停着两艘船。一艘将在伏尔加河上逆流而上,另一艘将载着旅客顺流而下。警察局长叫我坐前面那艘船,但事情并没有如他设想,我没有打算去圣彼得堡,而是想要顺伏尔加河而下,去往省府所在地喀山。在最后一刻,我登上了另一艘船上。

凌晨 4 点钟,我到达了喀山,这个安静的、陌生的、依然在睡梦中的城市。我走到一座公园,坐在一条长凳上打了一会盹。这时人们开始陆陆续续地走出他们的家。我在公园里一直坐到早上 8

点钟。一位大学生碰巧坐到我的长凳上，于是我与他聊起天来。这位名叫雅儒谢夫斯基的大学生是个波兰血统的人。他知道政府办公厅座落在何处以及什么时间办公。我对他叙述了关于自己护照的故事，他愿意为我做向导去办公署。

当政府办公署早上10点钟开门的时候我们第一个到达那里。我告诉秘书自已来这里的目的，事情很快就在政府文件上变得非常明晰。芬兰总督要求喀山知事给兰司铁出具同意他来此地考察的公函。而前两天公函已经发往赫尔辛基，我们却在文件到达之前就从赫尔辛基出发了。

当我拿到省办公署针对全省所有官员和机构的文件时，感觉到所有困难将会迎刃而解。不过经历这次事件，我变得有点像"多疑的多马"。我说，万一科兹莫杰米扬斯克的警察局长不承认这份文件的真实性，那该怎么办？经过几番交涉，我又得到了一封写给局长个人的盖了章的信。我终于松了一口气，和雅儒谢夫斯基出去美美地吃了一顿。我跟那热心的学生道别后去等待开往科兹莫杰米扬斯克的第一班轮船。

我回来后自信地要求局长陪同我一起回到阿格拉菲娜的家庭旅店。看到妻儿都安好，我心里的石头总算落了地。我给局长看了省办公署的文件。他看到文件便表现出愿意服务的样子。"但那护照上的日期又是怎么回事?"他吞吞吐吐地说。那护照绝对不是伪造的，我坚持道，同时掏出了省署长官写的那一封信。局长读着写给他个人的信，面色红一阵白一阵。那封信确实写的相当严厉。

现在警察局长和两天前他那威风凛凛的样子判若两人，当然他同意我在此地自由旅行。不仅如此，由于切列米斯人的村庄里不会有像样的商店能买到好茶，巧克力或别的好东西，他建议我妻子列一个购物清单。随即，局长带领我们前往城里最大的杂货店，又亲自帮我们砍价。“要是没有我”他肯定地说“你们会挨宰的”。这商店的人几乎跟两天前因护照的事而痛苦不堪的我一样惨了。当我们备齐所有必需品后局长为我们安排了免费的马车，声称我们可以用它去越拉索瓦或其他任何切列米斯人居住区域内想去的地方。但我谢绝了他，我不希望接受警察局长的恩惠，我要自己办自己的事。

我在商店注意到一些切列米斯人。他们总是穿着白色麻布长衫，因此很容易被辨认出来。我雇用其中一个人，要他把我们带到他所居住的村庄。他们村庄离这里大概有 25 公里远。他叫郃仁提，显然对我们的意图感到困惑不解，但他还是答应了。他从阿格拉菲娜家里把我们所有的行李搬上了自己的马车上，我们从那里出发前往他的家乡，尽管他认为有教堂的村庄可能更适合我们。马车有时在平坦的路上，有时候避开泥泞的道路走在嫩绿的草原上，我们就这样在晚霞的余辉中到达了图石纳乐村。

村庄很小，只有三十来户人家。郃仁提首先带我们去了他自己的家。他的房子很小，看起来很穷。村庄的正中间，有一座属于名叫库兹敏的家庭的大房子。我们租用了库兹敏家房子的一楼。他们在私塾学习过的 17 岁的大儿子狄牟塞也过来为我们做帮手。在图石纳乐这个小村庄，生活是如此美好，我和妻子都没有后悔当初的选择。

村子南边有条小河，河道深深的。我和狄牟塞在河道里修了一道小坝用以蓄水，村里的小男孩们就去那里戏水，玩的不亦乐乎。在镇子西南边的陡峭山坡上，长着落叶林，枫树和菩提树，我们在夏日的傍晚闲坐在树下，好不惬意。穿过田野向南望去，可以看到一个有教堂的村庄—维罗瓦提乌拉格村，那里住着我们先前偶遇的警官。

我在前面提过，作为考察费我得到了 1000 芬兰马克的资助。

在圣彼得堡的芬兰银行我将它们兑换成三百卢布,一共三卷5卢布面额的金币。但这种新硬币在切列米斯人区域里尚不为人所知。当我在有市场的维罗瓦提乌拉格和越拉索瓦用金卢布购物时,人们便开始把怀疑的目光投在我身上。我平时在库兹敏家客厅下面的房间里冲洗自己拍摄的照片。刚开始由于遮光不够,有人路过这里时可以从街上看到有一道道红光射出。村里的一些老太太看到三更半夜从库兹敏家的地下室发出的红光后,一个恐怖的秘密开始在图石纳乐村里流传开来:我们与魔鬼有勾结,并且显然是用自己的灵魂换取了那些美丽的金币。因为我们并没有像所有东正教徒那样脖子上带着十字架,也没有沾过一滴白兰地酒。

事情很快传到了警官的耳朵里。他怀疑有人正在制造假币,就迅速开始着手调查此事。

好在这位警官是个明白事理的伙计,事情总算得到了澄清。此外,省署里签发的文件也很好地增强了他的理解力。警官回忆起,他在报纸上确实看到过那种新硬币。警方的调查结束了。从此,面对恶意的谣言和猜疑,我们拥有了当局的保护。

切列米斯人是虔诚的教徒,他们总是按时作礼拜。那一年的7月里天气又热又干旱,牧师们被召来求雨和为收获祈祷。一支由信徒们组成的庞大队伍沿着图石纳乐村中宽敞的道路行进着。他们说,这样做就可以避免一切灾难。当队伍经过我们的门前时,我们和库兹敏一家人正站在门口观望着。这时发生了一件可怕的事情。街上本来有几匹马站在树荫下,小男孩们在马的旁边来回玩耍着,突然有一匹马踢了一下其中的一个男孩,他的头部被踢中。小男孩流着血躺在地上,失去了知觉。人们哭喊着“erge kola”(小男孩要死了!)。我妻子急忙穿过拥挤的人群向小男孩跑去,我帮忙将小男孩抬到我们的起居室,她把伤口擦干净包扎好并给他喂氨水。好在他的伤不是特别深,没过几分钟就从昏厥中苏醒过来了。

此时我们的院子已经挤满了人。他们被吓坏了。他们当中一些勇敢的人试图推开锁着的门进屋里来。由于我们带走了“死亡”的男孩,他们以为我们一定是食人族。狄牟塞认识村里所有的人,他从人群中找到了男孩的父亲。老库兹敏和村里其他长老来到我们的房间里。当看到坐在长凳上正在吃糖果的小男孩时,孩子的父母特别高兴。在村民心目中,我和妻子从此变成了能使人起死回生的神。他们非常的感激我们并且开始尊敬我们。这件事情过后,我们屋里的东西再也没有失窃过。

我们的小女儿总是头戴白色花边帽坐在她闪亮的婴儿车里出行。看到她,切列米斯妈妈们也想要给自己的宝宝戴上那样的花边帽。我的妻子为她们制作了那些东西,作为回报,我们得到了牛奶、鸡蛋、蛋糕、面包和其它食物。妻子会烤一种带葡萄干的面包,这种面包味道非常鲜美,要比城里买到的那些发酵面包好吃的多。切列米斯妇女们赞叹妻子的烹饪手艺,都想要向她学习。随着日子一天天过去,我们与村民们变得越来越亲密无间。

我用50戈比一天的工钱雇佣了库兹敏的大儿子狄牟塞。他一方面为我们做语言向导的工作,另一方面又照顾着我们的婴儿。他对于自己的新工作非常自豪。毕竟他在挣钱。他身着蓝缎子衬衫,脚穿褶皱皮靴,推着镀镍的婴儿车在村里四处溜达。人们需要有机会好好欣赏一下如此闪亮的一辆婴儿车。

当我记录着单词和句子时,愉快的三个月如白驹过隙般地过去了。我对图石纳乐村切列米斯人母语的研究已经大有进展。我不得不考虑结束这里的工作。因为在夏天,库兹敏大家庭住在库岛(圆锥形小屋)里。小屋坐落在庭院的另一边,没有地板,屋的中央有个火灶,圆锥形顶棚上有天窗。这个时候,对于小孩子们来说睡在库岛里是有点冷了。我们必须离开,库兹敏家需要搬回他们的房子,于是我们决定带上狄牟塞去往喀山。

我们的离开在图石纳乐村成为一件大事。那天,包括被我们救过的小男孩在内,村里的所有人都聚集在库兹敏家庭院的里里外外。甚至从我们手中得到过发带和镶边帽子的小孩也跟随大人来为我们送行。图石纳乐村好心的居民们眼含热泪为我们送了行。

科兹莫杰米扬斯克的警官友好地接待了我们,甚至先前的那位局长也前来与我们见面,说有重要的事情要跟我们讲。那就是他希望我再次回到在喀山的省署,告诉省府官员我现在对他这位警察局长很满意。一开始是交代,后来变成请求,最后变成了乞求。"我也有家庭啊"他看了一眼我的妻子和小女儿说。也许确实是那样吧,但我并没有去省署的计划,也没有承诺他的乞求。当我们这些没有经验的人来到"他的地盘"时,他居然威胁要遣送我们回芬兰,还想勒索我们,这些事依然令我感到气愤。

在喀山

离开切列米斯后我们在喀山城住了一段时间。经过跟唐纳教授通信讨论后,我们决定继续前进,准备去蒙古首都库伦城。因此我尽可能地整理了从切列米斯搜集到的资料,将其中一部分寄到了赫尔辛基。这份书稿于 1902 年在赫尔辛基出版,书名叫《山区切列米斯语研究》。

喀山有一座神学院,供来自东方国家的人们学习。学生中还有一些朝鲜人。学校的校长名叫鲍布若尼科夫。他不允许任何一个年轻的朝鲜人接近我,因为按照他的说法,他害怕身为路德教派的我会说一些不利于俄国教会的话。同时他又怀疑我根本就不是一个信教徒,甚至还可能会对他们宣传"无神论"。

作者兰司铁和她的女儿色德格勒，在切列米斯的图石纳乐村庄，郘仁提的花园中

在切列米斯。右下角为作者的妻子与女儿

切列米斯的风景。左边是作者的妻子和女儿

喀山还有一所大学。该大学突厥语教授卡塔诺夫是西伯利亚本地土耳其人,他属于一支名叫萨盖的部族。他的动作和面部表情会很容易给一个从没有见过这个民族的人留下深刻印象。卡塔诺夫对芬兰以及任何一个地方的靴子和衣物的价格分外感兴趣。

在喀山城附近以及周边区域内居住着一群不同种族的人:莫尔多瓦、切列米斯、诸里安和沃恰克等民族。他们与芬兰人有关系。但在喀山大学人们对这些民族的研究不感兴趣。只是有一个例外,那就是斯米尔诺夫教授。他虽然并不懂这些民族的语言,但写了大量关于莫尔多瓦人婚俗和切列米斯人婚礼的有理论性的论文和书。一位名叫柴德洛夫斯基的年轻俄罗斯学生在我的鼓励下利用一个夏天的时间收集了大量的切列米斯民歌和游戏歌,包括它们的乐谱和歌词。当我向卡塔诺夫和斯米尔诺夫提议由喀山科学协会出版这些作品时,斯米尔诺夫认为这位学生写的东西并没有什么价值,而卡塔诺夫却惊讶地说:到哪儿去弄出版经费啊,何况他自己搜集的大量作品还没有得以出版呢。柴德洛夫斯基为收集那些民歌经历了许多困难,他对自己的要求要比学校的考试严格得多。后来当我四处询问,想要为他的收集付给报酬并在赫尔辛基的芬-乌戈尔学会出版物上发表那些作品时,柴德洛夫斯基已经回到他切列米斯村附近的家中去了。据说,一年后他在那里死于肺结核。至于他搜集的那些作品后来遇到怎样的命运,我不得而知。但后来我听说,他被“禁止将其转交给一个芬兰人”。

我和妻儿住在喀山一家小旅店的一个大房间里,房费一个月13卢布。我们总在同一家饭店就餐,主食通常为汤和烤肉。秋天在喀山你可以以非常低廉的价格买到非常好的苹果和其他水果,蔬菜也是一样。根据政府的命令和卫生部门的要求,牛奶必须煮沸后才可售出。在这里,生活费用确实不高。喀山的生活给我和妻子留下了许多美好的回忆。因为我们很幸运地遇到了许多憨厚善良的人,在这里我只想提糕点师柯尔金和他的妻子。柯尔金本以为他的父亲是爱沙尼亚人,但有一次从父亲遗留的书籍中发现他其实是一个芬兰人,姓科尔赛依。柯尔金是喀山最好的糕点师。后来我们离开喀山去蒙古后,每逢圣诞节和复活节他总会为我们寄来色鲜味美的蛋糕。

我们有一些芬兰同胞在喀山比较活跃。一位名叫彼得卡依的芬兰人在那里有一家宾馆,人们称之为"彼得卡依之家",这是这里最好的宾馆,招牌上写着"麦特乐伯鲁宾馆"(大都会宾馆),下面又写着"原堪牟依酒店"几个字。有一次,我去他们那里买鞋,鞋店售货员拿出一款鞋说:"看,这是最好的",他为我推荐了在圣彼得堡制作的"希佳依"牌子的皮鞋。

穿越西伯利亚的旅行

那已经是10月末了。经过跟唐纳教授几次通信后,我们最终决定先不回芬兰而直接去往蒙古。经费、证明函和推荐信我们都拿到了。我和妻子为过冬也做了一些准备。我们从喀山乘火车到了伏尔加河岸。这时伏尔加河上依旧没有桥,河的一半已经结了冰。因此旅客必须先乘坐马车到达渡口,从渡口坐雪橇到渡船上,然后才能到达对岸的车站。天气很冷,还刮着风。乘客很多,马匹却不够。我对渡口上人们拥挤的景象记忆深刻。

我们乘火车到了换乘车站奔萨。那时奔萨城的街道上都结了冰,道路很滑,十分不便于行走。在滑倒过好几次之后我恼怒地对一个路人说:"这里为什么不在人行道上撒上沙子?"但他的回答却是:"这里的路本来就是沙子或泥土铺成的,我们还很高兴现在它能变得既平坦又不泥泞呢!"

换乘过几次后,我们的列车径直向东驶去。火车经过塞兹兰的一座伏尔加河铁桥后不久,车窗两边逐渐变成了山区风景。铁轨蜿蜒曲折,沿着宽大雄伟的山谷越攀越高。有时当列车拐一个巨大的8字型弯时,你可以从这边的山头看到前面的车站,它远在那边的山脚下。在西伯利亚的边界上有两个车站:一个名叫“欧洲站”,另一个则是“亚洲站”。在高山峻岭过后地形又变得平坦了。这里的谷地更肥沃,山脊更宽阔。

对于一个初访者来说,观察站台上的人群乃至其他乘客也是一件十分有意思的事情。旅客们均携带着一个装有茶壶、杯子、火腿肠、糖果和其他小吃的篮子。火车一停,所有人都争先恐后地奔向一座提供开水的建筑。那里有装着开水的大铁壶,开水从大铁壶侧面的水龙头流出来灌满人们的茶壶。但时有发生的是,有人不顾先来后到地掀开大铁壶的盖子,放进自己的茶壶舀满,然后大步走出开水房。结果,茶壶里的茶叶渣子和粘在壶底的纸屑或泥土就留在茶炉里,然后又从水龙头流进别人的茶壶里。

站台附近总有排着长队贩卖面包、馅饼和其它食品的男女农民。从他们那里我们可以买到煮鸡蛋、不同种类的熏鱼、烤鸡和腌菜。但令人烦恼的是你必须不停地讨价还价、大声叫喊,还需要经常挑出食品中的质量问题,似乎这样做本来就是俄罗斯人做买卖的习惯。

我们的列车上,就连二等车厢的乘客也都得随身带着自己的被褥和枕头。对于这样一列邮政客运列车来说,一星期的旅途都不算很长。如果你问列车员火车什么时候到达某地,他会回答他也不清楚,因为他只是上来随行一段路程。我们乘坐的是一列在每一个站、甚至完全无人烟的道岔口也要停一下的普通客运列车。1898年的西伯利亚铁路上还没有特快列车,更没有餐车那样的事物。

走了两周后我们到达克拉斯诺亚尔斯克城。这是我们车票上的目的地。克拉斯诺雅茨克是“赤崖”之意，这座城市坐落在著名的叶尼塞河边。当时她已经是西伯利亚最重要的城市之一了。她凭借其工厂和周围的自然资源，在短时间内迅速发展成了一座大城市。

那时，叶尼塞河上还没有桥。铁路从河的左岸向东延续到伊尔库茨克，但这段铁路还没修完，只有客货兼运的临时火车不定期地通行。当时叶尼塞河上结了一层厚厚的冰，一条临时的“冬日铁轨”就铺在了冰面上。铁轨从这头的陡坡下到冰面上，再从对面的陡坡铺到河岸上。火车车厢被结实的绳子拖拉着一节一节地放到冰面上，被推到对岸后再由上面的蒸汽火车头将其拉到岸上。铁轨旁，有一条用木板为乘客铺就的道路。所有乘客都必须冒着寒风徒步走完这一公里的路程。我的妻子怀抱着我们的小女儿非常顺利地渡过了这一难关。到达对岸后我们迅速地钻进了温暖的车厢。

克拉斯诺雅茨克到伊尔库茨克的铁路呈现一条大大的弓形线。南方隐约可见的山脉向北延伸，逐渐变成连绵的小山丘，山丘间流出涓涓溪水。路边可见一些星星落落的村庄，但大部分地区还是人烟稀少而没有树木的地方。当树林出现时，你会在树丛中偶尔发现两、三米高的残树干。这种景象对于一个芬兰人来说是十分怪异的。在西伯利亚，人们通常在冬天伐木。当积雪很深的时候，伐木者直接从自己胸前的位置砍下树木，而冰雪消融之后的这棵树看起来就像是被拦腰截掉的。沿着我们的路途随处可见这种残树干，事实上任何一片被砍伐过的森林里都遍布了这样的树干。

客货临时列车到达伊尔库茨克后，我们找到一家旅店住下，一方面休息几天，另一方面探查继续旅行的可能性。有人告诉我们，位于伊尔库茨克前方 66 公里(41 英里)的贝加尔湖依然没有结冰，而且可能还有轮船拉载乘客。于是我们乘着旅店主人的两辆马车沿安加拉河东岸前往贝加尔湖旁的里斯特温尼赤纳亚村。一辆马车载着我们一家人和一个名叫谢米扬巴拉金的商人,另一辆则载着我们所有的行李。里斯特温尼赤纳亚村(现在的里斯特央卡村)座落在陡峭山崖与大湖之间的一片狭长地带。那里有几个轮船码头。

此时从贝加尔湖上吹来刺骨寒风,天气十分阴冷。这里的轮船公司在村子的一头搭建了一座巨大的仓库。当我们和巴拉金到达这里时已经有数十组乘客在两座大铁炉周围,他们有的躺着,有的则坐着。没有人知道船什么时候会来,人们只知道船会从东边很远的一个村子过来,再把货物拉到贝加尔湖的南岸。就是住在村子里的那位被人们追问不停的轮船公司代理,也不知道船到底什么时候才来。他只是告诉人们,轮船有汽笛,进码头或起航时都会鸣笛的。由于天气非常寒冷,再加上我的妻子感觉受了点风寒,巴拉金觉得应该给她找一件真正御寒的皮衣。她有一件从喀山买的山猫皮大衣,巴拉金去街里为她买来了一件硕大的驼鹿皮大衣,于是山猫皮大衣就归我穿了。

我们和巴拉金一起,在仓库里度过了一个又一个夜晚。我们挤作一团,尽可能地靠近那些大铁炉。还是听不到轮船的汽笛声。人们猜着轮船到来的日子,或许明天就来,后天怎么说也会来的吧。有一天夜里,大约凌晨一点钟的时候,有人听到了轮船鸣笛的声音。但那不是从游客聚集的码头,而是从一英里之外的村子另一头传来的。当我们赶到公司代理人那里时得知,那艘船根本就不来这边的码头,它已经停靠在村子另一边的码头并且正在开始装载货物。抱怨已经无济于事,而且人们也没有权利抱怨。因为根据政府的法令,轮船本该在 10 月 1 日就停运了。可现在已经是 11 月份了,只有在船长同意和货物不堆满船舱的情况下轮船才会搭载乘客。如果人们一定要乘船，那他们应该自己想法子去轮船停靠的码头。人们真的没有理由抱怨，如果谁还抱怨的话，到头来船长有可能不让他上船呢。巴拉金使出了九牛二虎之力在关键时刻为我们找到了一辆马车，我们带上行李乘马车奔向轮船。我们看到人们沿着村中的路在夜幕下涌向停船的码头，不过遗憾的是有的人没能上船。船上没有客舱。我的妻子和女儿被安排在没有照明设备的女区。我和巴拉金则被安排在男区。幸运的是我们在黑暗中得以把行李全部搬上了船。"船上装不下更多的人了"船长说道。由于湖上刮着狂风，船长更是不愿意拉载过多的乘客。他没有考虑三更半夜拼命奔跑的那些人，而是在我们登上船的一刹那就让船离了岸。按照规定，这个时候轮船本该停运，所以收费就没什么标准了，我们为自己和行李买了贵得离奇的船票。

贝加尔湖非常壮丽，从西南到东北大约900公里(560英里)长，宽50到200公里(30~125英里)。湖水极清澈，可以看到湖面下好几米深的地方。"贝加尔"一词源于通古斯语，意为"海洋"。湖岸陡峭的山峰终年覆盖着白雪，那悬崖荒野形成了一幅壮丽的景观。后来我又横渡贝加尔湖好几次，还乘火车沿湖岸走过。来自伊尔库茨克的铁路首先沿安加拉河西岸到贝加尔站，之后向西做一个急转弯，走过许多桥梁穿过数不清的隧道，在贝加尔湖的岸上驶向南方。有些路段的路基就是在贝加尔湖的水里搭起来的。但我们第一次到贝加尔湖的时候，没有那么便利的条件，就如我在上面写的，旅行者只能乘坐从北岸的里斯特温尼赤纳亚村到南岸的米苏瓦雅村的小船。

我们到达米苏瓦雅(现在的瓦布什金)村，船被系在了码头上。所有乘客必须爬上岸。在男区一切都还井然有序，女区却一片混乱。船身倾斜得很厉害，以至于女区的船门无法打开。卸载货物花去了很长时间，船也最终恢复了平衡的状态。期间女区的乘客不得不坐在一片漆黑中等待。和在其他地方一样,我们的好伙伴巴拉金在米苏瓦雅村有很好的人缘。跟着他,我们在一家农舍度过一个夜晚。农舍的地上铺了稻草,作为我们过夜的床铺。我们在此取暖,还吃了些东西。巴拉金带了许多干粮,我们也从中分享了一些。在他带的食物中,有一种小面团包着的肉丸子,这种食物被他称作贝鲁麦尼。西伯利亚主妇们做大量的贝鲁麦尼,并把它们冷冻后装在布袋里,作为人们旅行时携带的食物。"贝鲁麦尼"(pelmeny)这个词源于兹梁语:其中的 pel 与芬兰语中的 pieli 相当,而 pieli 原意为"耳朵",例如芬兰语中的 pielus(意为枕头、靠垫)。因为做贝鲁麦尼时要把面团捏扁,其形状酷似人的耳朵。

在熟人的帮助下,巴拉金弄到了马和雪橇,我们能够从米苏瓦雅村向南沿着"商人之路"在山间旅行了。政府管辖的路是从米苏瓦雅向东到上乌金斯克再向西南到达恰克图。对于想从米苏瓦雅到恰克图的人来说这条老路绕得太远了。因此恰克图的商人自己出资修建了一条新路,这样旅途就变得短一些,也舒服些了。三匹马拉着我们的雪橇越过了覆盖着皑皑白雪的山坡、峡谷和悬崖。此时的气温已经是零下 30 ~ 40 度。于是我们在雪橇里尽可能地蜷缩着身体依偎在一起御寒。当我们最终从山里走出来的时候,就进入到色楞格河谷了。从河南岸的乌斯图恰克图再向前走了 5 ~ 6公里,我们旅行的目的地特洛伊斯科萨夫斯克就出现在了眼前。

在国境上

巴拉金在特洛伊斯科萨夫斯克有一套住宅。早在政府执行国家酒精饮品垄断之前,他就已经是一家大酒精饮料公司的代理,也是该公司的批发商。他的生活相对比较富裕。我们参观了他的家,也结识了他的家人。巴拉金有着浑厚的嗓音,尽管有些驼背,长相也有点老,但他是个又机灵又活泼的家伙。从他的体征看,他不像俄罗斯人,而更像东西伯利亚常见的蒙俄混血儿。要记得,西伯利亚的征服者叶尔马克带着他的哥萨克骑兵打到了这里,却没有带来他们的家属。这样,一些小的民族就渐渐地与俄罗斯人溶合在一起了。巴拉金的多数孩子都是一样,有着黑头发棕皮肤,黑色的眼睛和扁平的鼻子。他们更像通古斯人或蒙古人。相反他的妻子却是个身材高大,白肤金发的人。

因为巴拉金的家里没有能供我们住的房间,我们就搬到他的好友扎达诺夫家里,观察着事态。扎达诺夫也是个商人,主要贩卖蒙古出产的货物、皮毛、羊毛和牛羊肉。

尽管后来我听到一些关于扎达诺夫做生意方面不中听的话,我必须说他和他身边的人在对待我们这些没有经验的陌生人时非常的公平友好。扎达诺夫有一只不错的小猫,成了我女儿的玩伴。而当我们终于跨过边境进入蒙古的领土时,他又硬送给我女儿一只小狗。带着一只小狗去蒙古就像是往大海里加入一碗水。当你们读到库伦城那一章的时候就会明白我为什么会这样讲。

当我问道我们该怎么去外蒙古(现今蒙古人民共和国)最大的城市库伦时,扎达诺夫像一个专业人士一样反问道:"你打算用什么交通工具旅行?"原来并没有去库伦的驿站马车也没有什么好走的路。我问他自己是怎么往来的,他说他有马和两轮车,愿意怎么走就怎么走。原来特洛伊斯科萨夫斯克和恰克图的居民都是这样旅行的。

中国人为了方便他们的高级官员在蒙古的出行,建立了一些强行动员的驿站设施。如有买卖城里的边境官员签发的文件,居住在恰克图和库伦城之间的蒙古人有义务将旅行者以及行李从边境运送到首都,不得延误,但并不是任何人都可以这样旅行。依扎达诺夫看来,我们可能享受不到那样的待遇。但是我仍然说服俄罗斯边境官员去尽全力帮我们争取到这个特权,而且他做到了。因此我们坐上了“官吏马车”,以几乎跟西伯利亚火车一样快的速度,在三天之内在没有路的原野上走完了380公里的路程。

在我讲完这一段旅行之前还需要补充一件事,那就是在以前提到的“商人之路”上,我得了一场严重的感冒,并引起了肺炎。我在扎达诺夫家里躺了三周。他们请来了一位名叫塔力科·弗林斯维奇的医生。他原籍波兰,是个受过多方面教育的人。他曾对人类学的测量方法和观察方法格外的感兴趣,后来成为了克拉科夫波兰大学第一批人类学教授。他是沙俄地理学会伊尔库茨克分会特洛伊斯科萨夫斯克－恰克图支会的主席。他在这个职位上真的做出了惊人的成绩,由于他的努力,支会出版了一系列数量庞大又十分有趣的资料。巴拉金和扎达诺夫跟弗林斯维奇医生开玩笑说:在询问病情之前应该先测量一下病人的头、鼻子和耳朵。多亏弗林斯维奇医生的药物治疗,外加扎达诺夫的关照以及作为护士的我的妻子的护理,我很快就恢复了健康,并做好了继续前往蒙古的准备。

3 1898 年的蒙古之行

库伦之行

俄罗斯边境官员从中国的边境官员那里为我们拿到了相关文件,使我们得以乘坐最好的"官车"前往天朝之地。凭着那些文件,我们得到了中国官员们所用的那种具有两个大轮子的篷车。我们还从茶商科克宾和巴索夫那里租用了一辆相似的马车。这种车的车轮将近两米高,用厚铁皮裹着轮辋,并用大铁钉固定。使车轮看起来极像个齿轮。这个车有木制的车轴和硕大的轮毂。车轮之间的距离大约是车身宽度的两倍。这种车具有垂直的车身、弧形的高车篷。车身侧面靠前是车门,而车篷的前壁为装有玻璃的窗户。车篷内壁用保温的毛绒材料加厚,而地板却是用硬木头做的。我们买了一个床垫和许多羽毛靠垫放在车里,因为在有石子的路上和马跑得快的時候车里的人就会被甩来甩去。

当我们乘着俄罗斯人驾驶的中国官车来到边境上时,那里已经有十来个骑马的蒙古人等着我们。他们带着一个约 3 米长的木杆和一捆长绳。他们把木杆垂直地绑在车辕上,当两边的骑手将木杆两端支撑在鞍上时,车辕的前端比水平线大约低了 50 公分。木杆上拴着数条长绳,三四个骑手抓着长绳的另一端。当我们前进时拽着绳子的骑手走在前面把车拉动,而另一个人则鞍上抓着木杆的两头。我们行进的速度一开始就很快,而且随着旅途越来越快。在大部分时间,马儿全速飞驰。靠垫根本就没有呆在原地,而是与小狗一起从这边的墙上被扔到那边的墙上。床垫也不能老实地呆在我们屁股底下,总是滑来滑去。当碰到有石子的路面或坑坑洼洼的地方时我们就被狠狠地甩到车厢硬邦邦的底部,这感觉实在是很糟糕。车门是向里开的,并且紧紧地关闭着,不然我们就会被甩到外面去了。小狗感到口渴了,就去舔窗上结的霜,但每次都被狠狠地砸到鼻子而又吠又叫。我们自己也渴了,于是我就敲击窗户和前壁试图让骑手们停下来。当骑手伙计们终于明白我的意思并开始放慢速度时我说我们想喝"čai"(茶),他们说"khorosho"(俄语,意为"好"),于是又加快了速度。

在平坦的草地上,马的速度会降下来一点,但一下子又会变得更快,车也颠簸得更加厉害。在行进过程中,骑手们轮流上阵。当一位拿木杆的骑手往外侧闪开时,另一位骑手从后面来接他手中的木杆。拽绳子的骑手也是这样替换,新人从他前任的一旁接下拉车的绳子。车里的人对这种替换会有明显的感觉,因为新人和新马总是竭尽所能。一名信差总会在前方几英里处召集好骑手在路边等待着旅客的到来,以便替换人马。

就在我们这般飞驰之时,外面的人打开了车门。一只端着大茶壶的手伸了进来,壶里盛满了热腾腾的蒙古奶茶。蒙古茶壶大约有50公分高,壶身是圆柱形的黄铜做成的,壶的侧面有一个柄。壶盖是焊接在壶上面的,有一个进气孔和一个倒奶茶的口。蒙古奶茶是一种独特的饮品。与其说是茶,它更像汤。蒙古妇女首先用斧子将压制成砖型的茶劈成小块儿,然后放进臼里用杵把茶块捣碎。蒙古茶就是用这种茶叶熬制的。沸腾的羊奶或牛奶被加进熬制好的黑色茶水,就成了黄颜色的。在黑茶沸腾的时候,可以加点纯碱或盐以使茶叶入味。如果有的话,还可以加进一点面粉和蒙古黄油。我们坐在车里享用着用小麦粉和黄油精心调味的蒙古茶，虽然味道对我们来说有些怪异，但还是可以喝惯的。

我们喝完奶茶后，空茶壶在车里来回滚动，叮当作响，很是麻烦。所以我就又一次敲起了车窗。终于，走在马车旁的一位备用骑手过来开了车门。当我给他茶壶的时候他好像生气了，拿起茶壶就扔在地上。看来他们回去的路上将会收拾路上丢下的一切，包括疲倦的马匹和茶壶。

我们以飞快的速度继续赶路，直到夜幕降临时，马车停在了一座专门为我们搭建的毡房前。这间住所是一座格外漂亮的蒙古式毡房。圆形的房架上面和周围都用厚厚的毛毡覆盖着。包内也铺着厚毡子。毡房正中间放着一个具有四个撑柱和三个围圈的火炉架，上面放着蒙古厨具中必不可少的大口平底铁锅。清理锅内时就用一小块毡子或皮革。做不同的菜肴或饮品时，需要把锅加热并擦洗干净。

在我们的过夜处，我见到了那位全天骑马跑在我们前面给每一个驿站报信儿的人。我们和他一起享用了蒙古铁锅里煮出来的肥美羊肉，还痛饮了最好的蒙古奶茶。蒙古人认为我们的衣着可能抵挡不住夜寒，就在晚饭后拿开铁锅，叫一个男孩彻夜守着灶火不断加火以保持蒙古包内的温度。

在做饭和取暖时，蒙古人不使用木柴，而是采用家畜的粪便，他们认为这才是最好的燃料。在蒙古干燥的气候下，粪便可以干得既快又彻底，所以燃烧起来也很容易。即使它冒出的烟很浓（自然某种程度上也有一些气味），却不像烧木柴时那样呛眼睛。享用一顿蒙餐之后，我们就躺在蒙古毡房里呼吸着真正的蒙古炊烟进入了梦乡。

次日一大早我们又上路了，第三天的傍晚，天还比较早的时候我们就到达了目的地——库伦城。如果用俄罗斯的计算方式来计算，我们走了 360 俄里。如果没有蒙古马车和蒙古的驿站组织，是

蒙古王公的家庭

不可能在三天之内走完这样一段距离的。恰克图到库伦之间的路途中，不仅要经过平川，还要走过满地是石块的戈壁滩、大小山坡和河流。因为车轮高，比较容易地渡过了那些面宽而激流的河。

在气温零下 40 度的冬天旅行，坐在车里的我们都不好受，对于那些驾车的人更不会是轻松的事情。在如此的严寒中，蒙古人不戴围巾，反而把羊皮袄的领子开得很大。他们不怎么戴手套，因为皮袄的袖子长长的，只有把袖子卷起来才能把手露在外面。当时（也许现在还是）蒙古女人的冬装袖子都很长，几乎能拖到地上。他们说超长袖是年轻女人追捧的一种时尚。

恰克图到库伦之间一共有十二个官方驿站,用蒙古语叫乌尔特(örtege)。每一个乌尔特都有一个当地的主管,主管下面有若干个传令人。他们能迅速召来附近区域的约30个男子和100匹马。这种驿站制度在成吉思汗建立的大蒙古帝国时期随处可见,这种制度运作得非常完美。据说,曾有一个骑手只用了16天的时间从亚得里亚海岸跑到蒙古的中心(现今的库伦附近)。我们从中国古代编年史中了解到,早在公元4世纪中期就已经有驿站了。

按俄国边境官员的指示,我给了每个驿站三卢布作为礼物,整个旅程下来花了36个卢布。据说中国官员是不给这种赏钱的。钱要换成硬币才好送人,因为蒙古人很看重银子。因此我事先准备了闪闪发光的银卢布,装在一个皮囊里。我们的行李由另外一些驿站人员用同样的方式运送,时而走在我们前面,时而走在后面。这又产生了额外的行李运输费。

旅途中我们翻越了许多座山,首先翻越的是莽哈太山,到第三天太阳高高升起的时候,我们到达库伦城北山脉上的图路盖特—达巴山口。我们的路从这里开始变成下坡路,前面远处可见博格达圣山那高高的山峰。地貌逐渐变得宽广,我们来到了更平坦的地方,看到了前方的库伦城。

在库伦的日子

在遍地是沙砾的平地上,出现了一种罕见的景象。四处安扎着一组组四方形的围栏。围栏外面是人和牲口,还有蒙古包。但过一会儿你又会发现围栏里其实也有蒙古包。那些围栏排列得随随便便,街道(如果围栏之间的间隙能被称为街道的话)也是弯弯曲曲的。空地上到处都是大大小小的垃圾堆,一些黑狗围着它们转悠着。它们看起来挺像我国的拉普兰犬,但个头比拉普兰犬高大些皮毛也更厚些。被蒙古人丢弃的牲畜骨头、不能用的毡子碎片、无用的皮革和所有的生活垃圾都会被丢在这些垃圾堆上。由于库伦已经存在了几百年了,有些垃圾堆相对而言要比围栏还要高。如果你想看看街道和市中心,最好的办法是爬上一座高高的垃圾堆,然后从那里眺望"市"内景象。

无数条流浪狗和它们的吠叫声赋予了这座城市一种独特的氛围。我曾听俄罗斯人说过,如果有一分钟听不到狗吠声,库伦的居民就会睡不着觉。

我们穿过市区前往东边一公里外小山丘上的俄罗斯总领事官,那附近没有蒙古包也没有牲口。领事馆以及一些其它建筑坐落在一个不太一样的围栏里。总领事住在主楼里,那是一座壮观的两层楼。我们被引进到一间宽敞的房间里。

我们见到了总领事西施马若夫,他是一位年老的枢密院顾问。他热情地接待了我们,让我们在那里休息了几天。经过了一次蒙古官方式的旅行之后,我们浑身酸痛起来。那感觉就像是骨头散架,想动弹都困难。两三个哥萨克人受命为我们服务。其中一个趁我们在总领事餐厅吃饭之机偷走了我的皮囊,里面装着剩下的几个银卢布。

总领事西施马若夫已经结婚,但他的妻子住在圣彼得堡附近一个叫拉赫达的地方,那个地方接近芬兰边境。当他听我们谈起拉赫蒂的时候特别高兴,他以为拉赫蒂就是圣彼得堡附近的那个拉赫达。看得出,他对于一个不抱偏见的学者来调查蒙古人和他们的语言感到高兴。他和圣彼得堡大学蒙古语教授之间的关系不怎么好。据说,阿列克塞·马·波斯德涅夫在游历蒙古时自诩为安办或总督,还经常表现得好像自己的权力比总领事西施马诺夫还要大似的。

总领事告诉我们有一位名叫奥拉·涅斯特噶尔德的挪威传教

士住在库伦。这个人成了我们的好朋友,给予了我们很多帮助。他为我们安排了住宿,还让我结识了商人米哈伊尔·斯米尔诺夫。斯米尔诺夫的家住在库伦市中心西南方向的“肉市”,与寺庙之间隔着一片空地。

库伦的市中心被一座住着一到两万名喇嘛的寺院占据着。另一所名叫甘丹的寺庙座落在离那里向西半公里之外的山坡上。主寺和甘丹寺之间是汉人的居住区:土坯砌成的高墙之间是狭窄而肮脏的土路。其旁边断断续续有一些高出地面的大约一英尺宽的土墙,道路泥泞的时候可以在上面行走。

人们通过大门进到庭院里。院子四面都是商店、住房和仓库,而院子中央往往是一些树木或一片菜园。高高院墙内的中式房屋看起来要比蒙古式住宅晦暗和单调许多。

我们所住的“肉市”里混杂着蒙式,俄式和中式风格的建筑。俄式的木制建筑随处可见,它们通常有着蒙古式的围栅栏。斯米尔诺夫的家窗户对着街道,门则直对着一家商店。这种商店在库伦并不多见。这里最大且最有名气的是具有一座两层木质建筑的柯克文—巴索夫茶叶公司。由于其绿色的屋顶,蒙古人为它起了个名字叫“温都尔瑙干”(意为“绿顶高房子”)。这家茶叶公司除茶叶以外经营着俄罗斯的各类货物,很像芬兰农村的杂货店,商品种类多,比斯米尔诺夫的商店要大许多。他们的商品中还有我们芬兰萨格斯马盖出产的“宝兀卡”牌磨刀石,蒙古人都认为这种磨刀石是最好的。在“绿顶高房子”里还出售着芬兰古尔戈瑶盖生产的椅子。但店主抱怨说只有俄国人才会买这种椅子,因为蒙古人的毡房里没有放椅子的地方,而中国人对椅子又有不一样的品味。

我们租住了斯米尔诺夫家的房子,并在漫长的冬日里结识了蒙古朋友,逐渐开始听懂蒙古语。和她丈夫一样爱喝酒的斯米尔诺夫夫人负责我们的日常料理。一开始她答应作为午饭给我们准备两样食品——汤和烤肉，晚饭也做两道菜。可不久，我们的午饭和晚饭就开始上同样的汤和同样的烤肉。过了一阵子她建议，由于我们吃的太少，做烤肉不值得，只做一份汤就足够了。每天早晨我们听到斯米尔诺夫的厨师——一个俄罗斯女孩隔墙对女主人喊："汤里放什么呀？"女主人的回答总是卷心菜或是青菜，要么就是空心面、土豆或面条。当然，汤里放的原料会有所变化，但汤永远是羊肉汤，牛肉则很少出现在里面。和蒙古人一样，俄罗斯人认为肥羊肉绝对是肉类中的极品。

在很长一段时间里我和妻子都无法适应如此单调的伙食，好在我们在柯克文—巴索夫茶叶公司找到了其它食品。在春天来临之前，我们在自己房间里食用的茶点要比喝斯米尔诺夫太太一成不变的汤变得更惬意。

当我们见到传教士涅斯特噶尔德时他在库伦已经居住了九年。他住在与斯米尔诺夫家相隔一片空地的城区，这片空地差不多跟我们赫尔辛基的一条街道一样宽。涅斯特噶尔德在这个空地上建造了一座桥。一开始我们不怎么理解他建这座桥的用意。一些肮脏的黑狗徘徊在桥周围的垃圾堆上。涅斯特噶尔德与一个名叫柯斯洛夫的俄罗斯铁匠住在一起。铁匠的妻子会做好吃的俄式馅饼和面包卷，并将其卖给俄罗斯人和蒙古人。铁匠很少做自己的本职工作，只是偶尔用俄罗斯人的方式钉一钉马掌。他的大部分收入来自买卖干草的生意。由于像牧草之类的东西在蒙古是免费的，他就雇人收割大量的牧草堆在自家院子里过冬。蒙古人没有储存干草的习惯，每当春天来临时他们的家畜会因缺乏饲草而变得骨瘦嶙峋，甚至会饿死。因而干草和木柴生意为住在库伦的俄国人提供了很好的生计。

涅斯特噶尔德在库伦的九年里竭尽所能地开展传教活动，收获却寥寥无几。因为库伦有将近两万个佛教徒。涅斯特噶尔德在街上或广场上的传教活动经常被人突然中断，甚至使他自己也受到过羞辱。有一次当他向人们解释(我恰巧在场)人类唯有信奉耶稣基督才能受到拯救并升入天堂时，一个听者大声问道："那在您来之前死了的那些人怎么办？他们都变成游魂了吗？"涅斯特噶尔德不假思索地答道："是的，当然。"于是另一个蒙古人(他也是个僧人)喊道："但这样的神也太残忍了，您来迟了，难道对那些已经死去的人就没有责任吗？"这一下涅斯特噶尔德变得谨慎了，他妥协地说道："即使是从没听说过耶稣基督的人，只要拥有一颗虔诚的心、为人正直并施舍穷人，就能得到救赎。"这句让步的话启发了一位先前听过他布道的僧人，他大声说："如果我们不需要你和你的宗教就能拯救自己，那你来这里做什么？"由于掌握了佛教经典的僧人在作对，在这里传教确实是一件极其困难的事情。涅斯特噶尔德经常为此而苦恼。因此他开始做起了整理大量圣经文献的工作，尤其是英国圣经协会的福音书，因为他是该协会的代理。蒙古人对于他分发的这些蒙古文图书倒是很感兴趣，即使他们根本就不懂蒙古文字。他们学习的佛教经典都是用藏文写成的，而且蒙古口语和蒙古书面语也有着相当大的差别，因此大多数圣经书本似乎被用来点燃毡房里的干牛粪了。西面寺庙附近有一些山丘和大片田野，死人被带到那里等待数以百计的野狗吃掉他们的尸体。有些僧人和虔诚的佛教徒甚至曾把传教士送给他们的圣经带到那里去。

从诸多方面来讲，我们在"肉市"的生活很不一样。城里的屠夫以及一大群女人住在这里。正统的佛教徒不杀生(连虱子都不)，但还是要吃肉，所以他们不可避免地需要屠夫，有时候，在佛教活动日里这些屠夫为洗刷他们的罪孽不得不向寺庙献上很多钱。屠夫们会为此抬高肉价，可寺庙方面又会从别处安排新的屠夫来这里抵制过高的肉价。

贫穷却乐观的蒙古人

库伦的僧人对于女人也做了类似的巧妙安排。僧人们要发誓过独身生活并且不跟任何女人有性接触,但实际上在肉市这个地方却住着几百户僧人家庭。当这些僧人们回家过夜时他的孩子们会叫他“叔叔”。“叔叔”支撑着家庭的生活。当生活偶尔落魄时,他有时与另一个僧人分担他在家庭中的义务和权力,或者甚至把妻子转手给某个中国人或蒙古俗人乃至随便任何一个人。你可以认出肉市中这些事实上是僧人老婆的女人,她们的打扮和发式均为未婚女子的样式。

蒙古社会把男人分成白、黄和黑三大阶层。查干即白,是贵族,他们身兼官职,帽子上带有玻璃、金属或宝石材质的顶戴,等级不同顶戴也不同,他们都梳着长辫子。沙拉即黄,指所有出了家的男人。他们把头发完全剃光，穿着黄色或深红色的服装，上面再披一件叫做“敖日海木吉”的长长的黄色袈裟。他们时常手握念珠走在街头。这念珠很少被用来作祷告，而是更经常被用来做各种计算，因为他们中的很多人（也许是大多数）从事着买卖马匹等家畜的生意。哈喇即“黑人”阶层，跟我们的俗人、普通人或工人阶级相当。和白人阶层一样，他们也梳着辫子。他们的服装可以是黄色或红色以外的任何颜色。最常见的是蓝色和灰色，但有时也可见白色，紫色和绿色。这些“黑人”服从贵族、官员以及警察的统治，而“黄人”阶层则不归世俗势力管制。因此寺庙里有特殊的法庭来实施特殊的惩戒。蒙古三分之一多的男性人口属于“黄人”阶级，与国内其他大的寺庙中心一样，库伦的僧人所占人口比例很高。

不用多说，“黄人”阶级的多数人从不追求学问，生活上也不依从寺规。他们过着慵懒的生活，而懒惰导致了他们所有的恶习。

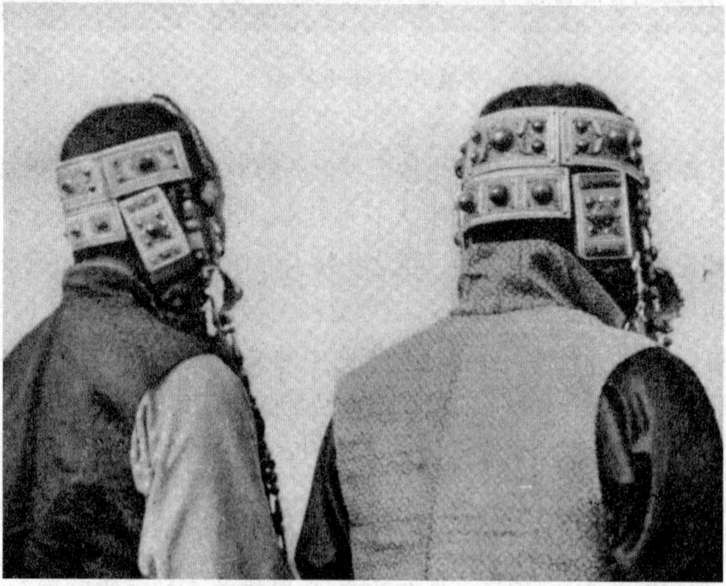

两个蒙古女人：她们的头饰是镶着珊瑚的银子做成的

僧人一旦发誓,是不能反悔的。由于“黄人”不可以抽烟,他们就有了使用鼻炎的习惯。俗人则抽长长的中国烟斗,他们将其插在靴子里,从中国人那里购买烟草来抽。

过了 45 岁的女人往往会成为尼姑,60 岁以上的女人在特定的情况下可以在库伦神圣的寺庙里四处走动。

库伦的寺院被誉为全蒙古最神圣的场所。它的周围是一大片空地,空地周边分别有唐人街、“肉市”(又称“罪恶之市”)和更大一些的中国城——“买卖城”,它位于俄罗斯领事馆东面三公里处。

库伦寺院周围的路,无论它是连接着一片草地或一条宽敞的街道,都有着它特殊的意义。从早到晚,那里虔诚的朝圣者络绎不绝,形成寺庙外神奇的情景。在寺院周围各处可以看到一些小棚,小棚下面伫立着或大或小的木制的或金属制的圆筒,圆筒上面点缀着印度文字,圆筒的下端带有可以转动的手柄。人们说圆筒里装有经文。虔诚的蒙古人在巡游寺庙时总会停下来转动圆筒子。按顺时针方向转动圆筒,意味着圆筒里的经文已经读过了。为安全起见,蒙古人总是每次都多转几下圆筒,好提前念完几天的经文。在蒙语里这种巡游着朝拜的形式被称作 ergil mörgül。ergil 意为“环绕”,Mörgül 意为“朝拜”。然而,这对于最虔诚的人和忏悔罪过者来说是远远不够的。他们整个身体扑倒在地上,在布满沙砾和石块儿的地上磕头,完成后用手指在刚才磕头的地点画一个标记。然后他们起身站在刚才的标记上重复先前的动作。他们会以此方式行进 4 到 5 公里,绕寺院一周。由于手指头很容易因此出血,有些朝拜者就把木块绑在手上,这样他们就可以不受损伤地完成如此艰巨的朝拜了。有时你可以在库伦寺庙周围看到长长的爬行队伍——朝拜人群。甚至时常有人以此方式朝拜到遥远的圣城拉萨。

穿过朝拜者的队伍,寺庙里的喇嘛穿着他们的黄袍子缓慢而庄重地走过。他们不是要去唐人街购物(甚至买酒)就是要去马市上与市民砍马价去了,当然也有可能是要去“肉市”见他们的妻子或情妇。

“肉市”位于一片广场上,这里一大清早就车水马龙,热闹非凡。在这里你可以看到许多骆驼、牛车、羊群和骑在马背上的穿着蓝色红色或其他颜色服装的蒙古男女。在肉市的一边,排列着一连串古老的蒙古车,车板上摆放着出售的商品(通常为肉类)。而在市场的另一边,汉人修鞋匠、铁匠或卖马鞍、服饰的人在摆地摊。他们中间经常还有一些理发师和钣金工出来展示他们的技艺。

离这里远一些的地方,是一些黑毡子搭建的低矮的帐篷。它们几乎跟我国的小孩子玩耍时搭建的棚屋一样小。库伦的麻风病人和被严重性病折磨的人在此躺在一片破旧皮子上,身上裹着极其肮脏的毡子。当有人经过时,他们用沙哑的声音哭喊着乞求施舍。他们的病情已经恶化到了其他人不愿接近的地步。他们的手指头弯曲着,鼻子和嘴也不成样子。他们看着真是可怜,其中还有许多瞎子和聋子。偶尔会有人施舍一点零钱,但更多的时候他们得到的是路人施舍的一点饭和茶。他们就这样破衣烂衫地躺在黑乎乎的毡子底下结束自己悲惨的一生,等待着悲剧最终结束——直到有一天野狗们扯掉小帐篷,将尸体撕成碎片。不久,又会有一个类似的新人出现在这里来代替他的位置搭起黑帐篷。对于一个生长在不同环境的人来说,这样极度悲惨的景象实在是很可怕。

有人会问,蒙古是不是没有医生。答案是有一些。但那些学过医的喇嘛通常不会不求报酬地为病人服务,这方面跟其他地方的医生是一样的。此外,蒙医虽说有医术却以巫术为主,拥有各种药物的藏式医疗,也难以称之为医疗。蒙古还没有建立社会服务和社会福利制度。

对他们来说,把死人留给野狗是一件再正常不过的事情。蒙

骑着轻快蒙古矮马的富有的蒙古妇女

古人相信,那些已经臭得连狗都不吃的尸体才应该被埋入地下,因为如果人死后尸体完好无损,他的灵魂就会滞留在体内,所以最好是将尸体撕碎,这样灵魂就能够尽快得到自由。

不久,有一件事情证明了他们的这种观念。一个年轻女孩在缝东西的时候针头断裂,扎进了她的指头里。她母亲带着她来向我们借磁铁,因为听说磁铁可以吸出针头。女孩的指头肿得很厉害,还发着烧,我妻子断定这显然是一例败血症。斯米尔诺夫夫妇说,在这种情况下试图救治这个女孩或其他任何一个蒙古人都是一件危险的事情。一些天过后,女孩死了。人们相信,当她的灵魂正呆在指尖里时,恰巧扎出了一个洞,灵魂就趁机飞出去了。这些极其悲惨和荒唐的事情就不再写了,虽然这对我们来说是可以理解的,但我没有理由让读者为此产生恐惧感。

从诸多方面来说,库伦城风景秀美,山河壮丽。正南方向是圣山博格达乌拉,山坡上常常云雾迷蒙,城里却万里晴空。城西面可见蔚蓝的低矮山脉,山前面是一片 3 到 4 公里宽的谷地。图拉河汇集它的数个支流流经此地,河谷向东舒缓地延伸,直到被连绵起伏的群山挡住她的身影。其附近约 3 公里处是库伦的商业区——买卖城。那高高的围墙之内的生活完全是中国式的。厚重的城门在傍晚准时关闭,早晨又准时打开。

前面曾提到,库伦城位于图拉河北岸群山南麓的砾石台地上。山沟及山坡上生长着茂密的树林,有的地方树林甚至连绵到山顶。但由于气候干燥,在蒙古大多数山的南坡都是光秃秃的。寺庙和俄罗斯领事馆之间流淌着浅而清澈的色乐比河,从北向南流入图拉河。人们可以很轻松地涉过这条河,因为河水通常漫不过靴鞠子。只是有时色乐比河因涨水而变的危险。为了方便来往于库伦和买卖城之间的中国人,中国办事大臣在此建造了一座又高又长的桥。但这座桥经常需要重建,因为色乐比河泛滥的时候总会把桥也卷走。为了预防洪水来袭，涅斯特噶尔德在库伦城肉市附近建造了上文中所提到的那座桥。

在库伦，阳光明媚的天气居多。空气即干燥又很新鲜。在阳光照射下远处的物体总是看起来很近。库伦一年中只出现30天的多云天气。虽说多云，也极少出现乌云密布的天气。在冬天，夜里下的雪只保持几天，还未等融化就蒸发了。低洼地里和山阴面的道路不会被雪淹没，因而下雪不妨碍交通。在寒冷的冬天里太阳依旧高照的自然现象对我这个来自北欧的人真的是感觉很奇妙。当你从窗口看着阳光普照的大地时，会有一种想要跑到室外去的冲动，可外面的气温可能已经是华氏－40或－50了。洗好的衣物拿到室外会迅速冻得像木板一样硬，可是冻得嘎吱作响的衣物过一段时间后就晾干。

所有的河流，包括色乐比河和图拉河在冬天都会结冰。由于库伦没有水井，冬天人们就从图拉河的支流中砸取冰块儿，用牛车、马车或驴车拉到自家院子中，放在阴冷的地方。因为在阳光下冰块儿还未等融化就会逐渐蒸发。同样，家里的储备食物（通常是一整头牛或几只羊）也是放在阴冷处的。人们可以从中国人的买卖城买到冷冻储藏的鸡蛋、葡萄、梨和苹果存放在室外，食用前十分钟带进室内解冻。但它们一旦解冻很快就会变黑、腐烂，从而无法继续保存。

在一个外国人眼中，可能所有的蒙古人都一样地脏，而且在穿着方面没有多大的区别，但事实上他们的阶层和地位是不同的。有一次，当我不在家的时候，家里没有水了，平日里给我们取水的人也不见踪影。我妻子就求我们雇佣的另一个人帮忙拉些冰来。可是他拒绝了。他说，作为一个僧人他很不适合去做这样的差事。事实上，他的衣服还不如那平时给我们取冰的人好呢。当我回来后他告诉我，从河里取冰是一件低级的工作，一个有着僧人穿着的

最有保障的旅行方式是骑马或骑骆驼

蒙古女人的财富和社会地位通过她们的头饰而体现

人是不该去做那种事情的。如果他把自己降低到那样的地步，有可能导致别人对他的说三道四和冷眼看待。

在库伦的头一个冬天我们住在了斯米尔诺夫家里。在这段时期里，我的蒙古语能力得到相当大的提高，对蒙古人的思维方式也开始有所了解。蒙古人猜测我究竟是“黄人”还是“黑人”，即我是僧人还是俗人。在他们看来我应该是个黑人，因为我有妻室。但作为黑人，为什么还要学习？因为这可是黄人的差事啊，对此他们感到疑惑不解。

我的研究工作遇到过种种障碍，比如由于观念的不同，蒙古人的答案无法满足我的问题，或者由于某种禁忌而不能回答我的问题。蒙古的小孩子在别人面前是不能说出他们父母名字的。除此之外还有很多事情是被传统习俗所禁止的。

我雇佣了一位年长的喇嘛作为我的蒙古文老师。他是在蒙古人中少数懂书面语的人之一，他具有读懂蒙古文古文献的能力，因而是个不可多得的人才。大多数喇嘛只会读藏文的佛经。我的喇嘛老师对酒相当有瘾，据说他把我给的大部分工资都拿去俄罗斯商店或中国商店买进口烈酒喝了。我不能说出他的名字，作为一名弟子我的身份就像是他的孩子，必须特别敬重自己的老师。他只告诉我他来自额尔德尼召寺，凭借着自己从那里得到的学识，从库伦的众多喇嘛中脱颖而出，被安排到了一个好职位上。他没有学习医术或天文学，却一心致力于仪式和念经，据说他会背诵大量的藏文佛经。

在寺院经堂念经祈愿时，喇嘛们排成两行长队，年长的和有经验的喇嘛面前不放经书，因为他们能够背诵经文，而年轻的和不熟练的喇嘛将经文放在前面诵读。许多徒弟喇嘛则只是在随合着念经的调子，借此来加强诵经的氛围。从早到晚，寺院里回响着喇嘛们念经的喃喃声，他们几乎不肯停下来歇息和吃饭。住在库伦城，你会听到这单调的诵经声与千百只狗的叫声混杂在一起。

每天早晨喇嘛们被长号鸣叫声召集到一起。三米长的巨大铜号会吸引经过这里的任何人的眼球。肺活量极大的喇嘛吹响这些乐器,作为宗教仪式即将开始的信号。过一会儿,大量的僧人和他们的弟子就会来到寺中。僧人们被分成不同的组或艾玛嘎(部分)。每个埃木科都有其管理的喇嘛和办事员。在外人看来好像是手持长棍站在寺门口或者维持仪式秩序的那个人最有权势,但事实上收取宗教活动收入的那个喇嘛恐怕才是最重要的人物。俗人参与宗教活动很受欢迎,因为每个人都会带来礼品:一匹马、一头骆驼、一只羊或仅仅一条哈达也是可以的。

哈达是一条或长或短的丝绢,多为蓝色,价钱从五戈比到一百卢布不等。这些哈达是为供应蒙古人和所有佛教徒的需求在中国内地制造的。哈达蕴含着祈愿和祝福的意义。当一个人接受别人的哈达后他必须为献哈达者竭尽全力。不能拒绝接受一条哈达。赠送者将哈达展开放在双手臂上,像做祷告一样弓着身子靠近接受者。接受者也一样弓着身子展开双手,这样哈达就被传送到了后者的手上。

哈达在库伦兼有货币的功能。但是一条新哈达在人们手上传来传去会失去它的一部分价值。由于蒙古人的不注意,哈达也容易被弄脏和掉颜色。哈达的买卖对于中国和蒙古的商人来说是一种有赚头的生意。哈达没有实际的用途,但由于蒙古实在是没有货币,人们就赋予了哈达货币的职能。纯银被切成小块当作钱来用,人们把它们放在小秤上量重量。一百盎司或一两白银可以兑换成130到150卢布。用这些“货币”购物时,按需求量出一小部分银两,但是如果你做很多小买卖,原价100两的东西,实际上你只能得到80到85两。这在某种程度上取决于买者卖者双方都有秤的事实上。每家商店都有一台特殊的秤。在一场用白银支付的交易中,要做的头一件事情便是对秤的精确度展开争吵。解决完这个争吵,还得接着争论银子的纯度。银子本该是纯的,但总有一些里面嵌着铅或铁的银子。中国人把白银倒入小模子中,各大公司将自己的商标打在冶炼好的银子上。公司对有商标的银子全权负责。为了防止人们在其中加入别的物质,这些银子禁止被进一步切割。

在库伦另一种商品交换的媒介是砖茶。最常被采用的是那种被称作厚茶 ǰuǰaγan čai 的茶。砖茶由厚厚的砖型压缩茶叶构成,30 厘米(12 英寸)长,15 厘米(6 英寸)宽,2.5 厘米(1 英寸)厚。砖茶的正面有一个纵线,沿着纵线可以把砖茶锯成两半。半个砖茶大约值 30 戈比,而一两银子大约值一卢布 50 戈比,所以一两银子就等于二又二分之一块砖茶或 5 个半块砖茶。中国人屡次故意耽搁自己的茶商队进入蒙古,导致了茶涨价,银子跌价的结果。有时中国商人内部协议只有在贵族和官员还债时才会接受银子,结果银子就从这个国家消失了,茶变得比银子便宜。银子和茶的兑换率每天都浮动着,这个变化时常还很大。

中国进口的砖茶是用大捆的竹叶 hunza 包装的,每捆含 27 整块砖茶。如果包装被打开了,一两块散装的砖茶必须被加进来以补充一捆砖茶的价值。当人们想从库伦市场上购买羊肉或其他什么东西时,需要有一个背着一大捆砖茶跟随的佣人。无论如何,作为交换的媒介,砖茶要比哈达稳定得多。但由于砖茶容易磨损和缺棱缺角,一块砖茶在失去交换媒介的功能之前并不会经过太多人手。一块磨损不堪的脏兮兮的砖茶只能是用来喝了。由此人们打趣道,最后蒙古人总是把自己的钱喝得精光。

在做大买卖时库伦的蒙古人用活畜交易。例如骆驼(大约一百卢布),肥牛(大约 30 卢布)和马(平均 20 卢布)。

库伦的交易场所格外地生机盎然。牲畜、妇女们用毛料做的毡子以及羊毛和旱獭皮都从乡下来到了这里。这里的大部分人口是流动人口,而且蒙古人喜欢在美丽的夏日远行,所以人们就从几千公里之外的地方地来到了库伦。他们最重要的事情便是履行巡拜 ergil mörgül。他们希望以此得到活佛(库伦最高圣徒)的赐福。与此同时人们也会从事交易。生意当然很兴旺,这为中国和俄罗斯的商人还有寺里的喇嘛们提供了绝佳的生计。

库伦成为蒙古交通最活跃的商业城市,这是因为蒙古人将其视为广袤国家中最神圣的地点。至少在庙会的时候,不同寺庙的僧人会聚集到库伦的寺庙群。库伦在蒙古人中间享有很高的名誉,尽管在我们眼里,这个到处都是垃圾堆,拥有混乱的街道和市场的地方不太配被称为一座城市。

活佛中最高级别的人物是"博格多活佛"。他住在库伦城南图拉河岸的一座寺一样的华丽宫殿中,宫殿座落于博格多山脚下。他是佛陀的弟子阿弥陀佛的转世。据说博格多活佛是为拯救蒙古人而来的第 24 世阿弥陀佛。当一个活佛或转世者死亡的时候,神职人员们会立马着手于定位他的灵魂的工作。当一个圣徒去世的时候,他不朽的灵魂将占据一个新的肉体,所以需要找出那个在对应的时间出生的孩子。这通常需要花费一年甚至更长的时间,直到真正的转世灵童的出现。有很多法术和戏法可以判断百里挑一的那个男孩的转世灵童身份。随后,通常至少由他的母亲陪伴着,需要尽快在他前世辉煌的宫殿举行一个欢庆仪式。在一大群的仆人和马屁精的簇拥下小男孩逐渐的长大成人了,他随便的一个小念头都会被看做是最神圣的旨意。蒙古所有较大的寺中都有类似的圣人,他们均为佛教名士的转世。总之,库伦的博格多活佛,是其中最神圣的。所有世俗的权利都向他卑躬屈膝。就事实而言,他身边的那些人扮演着常人难以想象的重要角色。对于一个普通人甚至是贵族来说,见一面活佛都是极其困难的事情,更是一种奢侈的荣誉。

不好断定库伦的活佛们是否真的相信自己具有神性。他们的生活离神圣很远,他们的生活甚至是不正常的。我见过三个在世的活佛:想要用一群骆驼购买我的小女儿的喇嘛活佛;坐着由年轻女孩们拉着的马车四处逛游的那鲁班禅活佛;和达尔罕活佛,他曾在如今的斯大林格勒一家宾馆暴饮,陪同他的是他从蒙古带来的一个喇嘛和一个女孩。而至于博格多活佛,我只从远处见过他,当时他正坐在自己华丽的轿子中从博格多山脚下的宫殿穿过下跪的人群前往库伦的主寺。几千个朝拜者送来了礼物。礼物送得最多的得以跪在最前排。路的两边跪着最慷慨的赠予者——那些"黄金宗教的资助者"。活佛手拿一根长杖,用其触碰跪在前排者的头、背部或随便什么地方。有时他用手握着长杖的两头,以此方式赐福于那些跪在地上的虔诚信徒。

当我们到达库伦的时候博格多活佛已经30岁左右了。他出人意料地在那种环境里将僧人的弊害杜绝在外,保护好了自己的心灵。他是一个相当好学的人。商人斯米尔诺夫给他带来了各种不同的新鲜玩意,包括给儿童玩的机械玩具。当我在库伦的时候斯米尔诺夫就卖给他两三个蒸汽机,是我们国家玩具店里卖的那种。我有两部相机,斯米尔诺夫让我卖给他自己一部。我用30卢布将较小的那部卖给他,他第二天就用150卢布的价钱将其卖给了活佛的代理。活佛出于某种原因有了建动物园的主意,他想在自己的宝物中增添一头狮子和一头大象。他们从北京弄到了大象,但由于大象只吃得到一点米,人们又主要喂它肉吃,很快大象就死了。当我们还在库伦的时候就有报道称活佛建立了一整座类似于博物馆的建筑。他非常沉溺于各种瓶装和各种颜色的烈酒。这对于斯米尔诺夫和其他俄罗斯商人来说是一件利益非凡的好事。随着年龄的增长活佛开始喜爱香槟和法国白兰地酒。终于,尽管还未步入老年,他已经开始变得嗜睡和眼盲了。

带着孩子的蒙古女人们

蒙古糟糕的路况

蒙古最伟大的圣人、库伦的活佛现在正在位。正因为如此，喇嘛们解释道，这里魔鬼的力量也比其它地方的强大。人们被各种邪恶的精神所传染，但当你得到活佛的赐福后就会不再受到邪恶力量的困扰。活佛有一些专门的特务，他们每天都在城里和寺庙周围活动。活佛从他们口中得知人们正在想些什么、谈论些什么。斯米尔诺夫和其他的俄罗斯商人通常能够迅速地结识这些间谍，然后通过奉承将他们拉拢过来。有一次活佛与一个女人一同坐在他的轿子中去往寺里时，没有人敢议论此事。因为任何看见了这个女人的人显然是被魔鬼附了身的。关于活佛嗜酒和他淫逸生活的话题都是被禁止的。当然也没有人讨论这些因为没有人愿意显露出自己的邪恶。我们的邻居传教士涅斯特噶尔德成为了我们可靠又灵通的消息来源，因为一些喇嘛会偶尔对他放松口风。他几乎每天都有奇闻异事，都是关于博格多活佛的政策以及喇嘛们议论的话题。

1899 年的夏天

我们在斯米尔诺夫的住所占据了一个房间，一直寄宿到第一个冬天慢慢地接近尾声。当春天来临的时候我们渴望搬到安静的乡下，希望自己离库伦和它的狗越远越好。大约向西 25 公里(15 英里)，沿着图拉河岸，美丽的小山丘向南延绵到一座高山，小丘中间是溪水，水边四处长着高大的脆柳。这个地方的俄语名字叫桑津，蒙语里它被叫做“songγin-un bolung”，松古宁山谷。这个地方作为消遣之地被送给俄罗斯总领事馆了。一个看守人为此住在山丘脚下的毡房里。我们曾与斯米尔诺夫和一些其他俄罗斯人来过这里。我的妻子和我都认为这是一个适合我们度过夏天的绝佳地点。总领事西施马诺夫也这么想。

在我的蒙古语言文学老师——一位老喇嘛或传教士涅斯特噶尔德的陪同下,我因各种需求来往于库伦的市场许多次。当我和妻子决定在松古宁山谷度过整个夏天后,我们就从市场上买了两座毡房。这是两座非常好的蒙古式住房,我们也从领事馆得到了搭建它们的批准。此外,我们还有了两匹马。先从两匹马开始,以后会越来越多。我自己亲手制作了一辆土尔库奥布式的二轮小车(但是比那小许多),还买了一只拉车的驴。我将马具做成了芬兰式。这辆小车是为我们的女儿打造的,同时也可以拉一些轻便的行李。

在1899年5月末,我们一家人搬到了库伦附近的美丽河域。与城里其他地方一样,斯米尔诺夫的住所也有两三条大狗。这几只狗对我们太熟了,以至于有一次居然出现在我们的新住所。斯米尔诺夫把它们带回去了,可不久后其中一只纯种的蒙古犬带着她的幼崽又一次地来到了我们的营地。母狗在俄语里是"苏卡",我们就叫她苏卡,给她的幼崽取名尤卡。苏卡和尤卡成为我们的看门狗。离我们毡房远一些的地方住着领事雇的看守人。他的帽子上有一个顶戴,因此他是"白人"或贵族。他通常被叫做"台吉"。他和他的家人给予了我们莫大的帮助。我们从他们那里得到了牛奶、羊奶以及羊肉。我们的毡房座落在高树下面的平地上,一条宽宽的河从门前流向南方和东南方向,河里有很多鱼。有三四个鱼钩我就能在一夜里钓上来够吃一整个星期的鱼。我只需把线拴在树枝上,在钩子上栓一块肉作为鱼饵,然后将其放入水中。我们的猎物包括体型巨大的鳕鱼和某种大马哈鱼的近亲。

我和家人居住的毡房装备非常齐全。地面是厚厚的木地板,毡房就座落在木地板上。我们有一个带烟囱的铁炉,里面可以燃烧拾来的树枝。毡房里还有一张好床,床前的顶棚上悬挂着我妻子绣的蓝色织物。我们有一张饭桌,饭桌也被当做书桌用。我和我的老师经常坐在毡房阴凉处的草地上阅读一些蒙古文文献。我的老师住在另一顶毡房里,这顶毡房跟大多数毡房一样,在屋子的正中央有火炉架,火炉架上放着水壶。这顶毡房也是我们的厨房。生活惬意地继续着,尽管我们需要不时地因各种需求进库伦城。骑着自己的马我们一天之内就能往返库伦。

有一次我来到库伦的时候恰巧在广场上遇到了我的传教士朋友。他当时正和一个俄罗斯农夫和一个女孩热情地谈话,他们俩人均来自边境的另一边。住在库伦的一位俄罗斯女士想要雇用一名女仆,因此农夫带着少女来到了这里。而现在这位女士不想雇用她了,原因是女孩与她所考虑的女佣差距太大,而且少女来到库伦时用了假名字。传教士说服我雇用此少女,我们很快就对薪水达成了协议,女孩也愿意立马跟随我去往松古宁山谷。

头两三天一切都还安好,直到那女孩开始不停地抱怨没有俄罗斯黑麦面包可吃。由于我们自己也想吃黑麦面包,我就又一次地前往库伦城,我可以在那里买到一袋黑麦粉,然后拿到一个俄罗斯熟人的空房子里烘烤。女孩带着我们的马和二轮车进城后失踪了三四天,回来时却只带了两三块大面包。后来我们才知道当她在空房子里等面团发酵的时候各种各样的人来见了她,她把其余的面包都发给了这些人。他们还喝了许多烈酒。

几天后面包吃光了,我们还得派她去烤面包。这一次她待得更久了。其间另一位俄罗斯女士来到我们这里打听那个女孩来的时候有没有穿着新的橡胶套鞋,或者我的妻子是否给了她一双。我的妻子没有这么做过。这位女士的新套鞋被人从衣柜里偷走了,而那个女孩儿曾穿着一双一摸一样的鞋出现在城里。那位女士去领事馆报了案。在她看来,事情很明显:那双鞋不是我们的女佣自己偷的就是她从她的某个嫌疑犯伙伴那里得到的。

第二天我们依旧干等着女孩从库伦城回来。最后她终于在午后带着我们的马和二轮车回来了。她刚一回来就问那位女士有没有来过。我们的回答是肯定的。她的第二个问题是那位女士有没有询问她的橡胶套鞋。我们依然做出肯定的答复。女孩沉默了片刻,然后在厨房里开始准备晚餐的茶点。我的妻子和女儿正坐在离毡房远一些的河边欣赏水中晚霞的余晖。我和老师正照常坐在一起读书。女孩说她要去台吉家取点牛奶,拿起水罐走了出去。片刻后,一声枪响从附近的灌木丛中传来。当我和老师赶到那里时,发现女孩已经以面着地,死了。原来她趁着一个人在屋里准备茶点之际,偷取了我藏在毡墙里的左轮手枪。由于我习惯在傍晚狼出没的时候开上几枪,这个女孩就知道我有这种武器了。我很惊讶她是怎么找到这把枪的。

台吉一家人也闻枪声赶来,我们商量着现在该怎么办。短暂的讨论过后,台吉的一个助手答应在夜间看守尸体,以防其被狼叼走。我骑上我最好的马以最快的速度前往城里的领事馆。我向他们报告了此事,希望他们对此进行官方调查。我的老师喇嘛根据佛教的观念认为自己被亵渎了,因为他看到了一起自杀事件,而且死者还是个女的。为此他在黑夜里消失在了一座山丘上。他在那里呆了整整一夜,念着经、数着佛珠。我的妻子和女儿此时独自坐在毡房里,没有任何保护。

我连夜骑马赶到库伦,野狗用它们大声的吠叫迎接了我。我在凌晨 3 点钟的时候来到了领事馆大门。我使劲敲打着大门却无济于事。倒是有一个哥萨克人鼓起勇气来到门后,问我有什么事情,但他拒绝给我开门。几个小时过去了,我躺在大门前看着我的马。早上 8 点钟左右,总领事醒来了,当他知道这是一件怎样的案件时,答应马上派他的秘书多尔别热夫先生调查此事并为此拟定文书。我带着这个消息回到松古宁山谷。我和妻子急切地等待着警方的调查,但他们一整天都杳无音讯。

傍晚时分,河边开始不时地传来枪声,他们正慢慢地接近我们的住处。终于,开枪者来到我们面前。他们是三个哥萨克人,马鞍前拴着刚打的许多只鸭子。一群去往西伯利亚的候鸟正在这条蒙古的河上休息。其中一个猎人带了一张文件,这是秘书多尔别热夫准备的报告,现在上面只缺一点点附加的陈述和我的签名。秘书多尔别热夫后来对我解释,由于他早就答应参加一个在库伦北部树林里的由库伦的商人和他们的妻子组织的游玩,因此他没有能够出席调查一个女佣的死亡案件。我当时难以控制自己,对那秘书的行为既愤怒又惊讶。我的老师尽管知道前一天晚上有一大群的狼正在活动,却把我的妻女弃于危难之中。即使是老师如此奇怪的表现,也没有令我感到太惊讶。他毕竟是个蒙古人,还是个喇嘛,他们终究有自己的想法。本来应该看守护尸体的台吉助手以夜里太冷为由向我的妻子借了我的羊皮大衣。然而他却把大衣铺在了尸体上面,从死者手中拿出我的左轮手枪,在大衣边上堆满了大块的石头。他擅自开了几枪以吓走狼群,随后离开了。

由于实施"警方调查"的三个哥萨克人完全拒绝触碰尸体,日光又炙烤着羊皮大衣,显然我们必须赶紧采取措施了。于是我又一次地前往市里的领事馆。用高额的小费的好处下我成功地让一个哥萨克人帮我做了一口棺材。历经百般曲折后我终于找到一个肯跟我走的布里亚特人。我们一起将尸体运到领事馆附近的一个院子中,这里是俄罗斯人的墓地。在这里我将省略掉我们如何把尸体放进棺材和二轮车上的细节。期间连布里亚特人都开始脸色发白,要求支付更多的钱。不管怎样,我们最终还是把女孩的尸体放进了她的棺材和墓穴。

几个月后总领事派了一名来到库伦的俄罗斯医师挖出尸体,他要断定当时手枪如何击中了她。医师开了一份验尸报告,证明死者的口腔内部呈黑色,且另一个弹孔穿过了头顶。这些报告对我非常重要,因为斯米尔诺夫和许多他熟识的俄罗斯商人正散播着我杀害了那女孩的谣言。由于那位来打听橡胶套鞋的女士事后又否认自己见过我们,各种针对我们的恶意假设和谎言就随之散播开来。承诺以 30 卢布服务一个月的女孩总共也只服务了两个星期,花费了我们近 300 卢布,这还不包括左轮手枪和大衣的钱。

在这起不幸的自杀事件过后,我们移居到了干燥的小山丘上,与台吉家相邻。但从某种意义上说我们本来幸福安康的感觉消失不见了。尽管夏天还没有真正到来,我们却要考虑在库伦过冬的地方了。在“肉市”有一座属于一个名叫拉夫朗蒂维的俄罗斯人的庭院。庭院的北边有一个平房,有三间空房。拉夫朗蒂维本打算用这房子建一所火柴厂,但由于他还没有相关设备,这所空房子就以便宜的价钱出租了。我们自己一步一步地布置起了这所房子。我们叫来一名中国木匠为我们打造他所会的种种家具:例如椅子、桌子、床等等。这样我们就有一个像样的住所了。我甚至给中国木匠画了一幅摇椅的图画。但他做出来的两个摇杆弧度太大了,因此我不得不重新做一对弧度小一些的摇杆。结果非常成功。由于大部分俄罗斯人的房子没有厨房区域,我还需要为这所房子添置几个火炉。在做这些准备工作的时候我很活跃地穿梭于唐人街。传教士涅斯特噶尔德在这个城区被众人熟知很久。在这里他被叫做李花中,而我得到了李花郭的名字。蒙古人叫我“塞因毕力格图”,这是老师给我取的名字,意为“有大智慧的”。但后来又被人们改成了“毕力格图巴格希”,“有智慧的大师”。

我已经很熟练地掌握了蒙古口语和用于文学的书面语。它们之间的差别就相当于拉丁语和法语,或至少相当于拉丁语和意大利语的区别。所以你必须分别学习两者。由于我很快就学会了蒙语口语,我的老师和他的熟人便怀疑我其实是一个蒙古人,只是我的灵魂投错胎跑到一个俄罗斯人的身体里去了。喇嘛们问我是否能记起上辈子曾到过蒙古哪些地方。按照他们的观念我应该是沉睡很久后最近才苏醒的人。我的灵魂被认定是一个老蒙古魂，他们非常热切地利用他们占星学的能力搜查着究竟是谁的灵魂占据了我的身体。

他们不断地询问我的生年和出生地。他们问我是否被强迫来到离自己的出生地如此遥远的地方。我回答我是自愿来的，做为一个芬兰人，我的灵魂带我来到了这里。很明显他们认为我的灵魂将我带到了它从前的故乡。他们问我是否相信灵魂的不朽。当他们得到我肯定的回答，仿佛心中已有了答案。根据佛教的观点，灵魂是不朽的，即灵魂有两种归宿：它会在肉体死后继续存在，在肉体诞生前也存在着。他们不能理解我们的观点，即灵魂只出现在肉体死亡后，而并不存在于肉体出生前的观点。因为无论怎样，永恒的终究是永恒的，永恒不能在某一时刻突然出现。

在我与喇嘛接触时他们热心于将我的灵魂归为蒙古魂。实际上由此我得到了许多帮助，另外这还要归功于我对于灵魂不朽的看法。据报道说许多俄罗斯人拒绝承认灵魂的存在。在蒙古人眼里，就这一点而言他们算是说对了，因为抱有此想法的人真的是没有灵魂和血肉的一群人，他们倒是很有自知之明。对于这一喇嘛式的观点确实没什么可吃惊的，因为在库伦的俄罗斯人中你会遇到各种各样的人，其中包括那些没有一点点正义感、不明白事理和没有一丝善念的人。

第二个冬天(1900)

拉夫朗蒂维的住所被蒙古人称作“拉夫朗的围栏”，“labarang qasiy-a”. 我们在天气还算暖和的时候就已及时将这里修理整顿好了。我们卖掉了一顶毡包，将另一顶毡包搭在院子中当作厨房和佣人的住处用。由于他们的毛遂自荐,我们的佣人变得比实际需要的多。当然,他们全部都是男的。最勤快最合意的要数那木吉拉,他没有鼻子,但在各方面都很强也很可靠。他原本是斯米尔诺夫雇佣的,后来却变成了我们的人。他特别喜欢我们的小女儿,我们的女儿也在他的陪护下茁壮成长。那木吉拉喜欢带她乘着驴车在市里逛街或仅仅为了炫耀我们的白人小女孩而逛荡。“忽儿唻,忽儿唻”(“真可爱!”)路过的脏兮兮的蒙古男人和女人们赞叹道。有一次一位活佛和他的随从看到我的女儿后停了下来,活佛试图捎口信传达了想要用几十匹骆驼买下我女儿的意思。这位圣人在库伦西南方向戈壁北角上的寺中拥有大群的骆驼。

那木吉拉是一个很有用的人(他也是一位佛教徒),他有学过俄语的优势,知道库伦最真实的物价。这样在我们出门时他就能用俄语告诉我们物品合适的价钱了。和东方的其它地区一样,库伦的买卖一开始总是要价很高。自顾客决定购买商品起,买者要估计自己需要打多少钱的折扣。如果买者消失一阵子,卖者就会决定砍掉原先一半的价钱,在这个基础上再继续讨价还价。那木吉拉总是背着一捆厚厚的砖茶,面带着一副受了惊吓的表情,做好与某一位奸商砍价的准备。

我们的另一位佣人是一个最近从乡下来到库伦的中年喇嘛。没人知道他的名字,大家通常叫他辛巴达卡——“怜悯”。他有病在身,即某种罕见的皮肤病和严重的疝气,这使得他经常几天不能工作。总之,他知道很多歌和几乎每种蒙古迷信,甚至知道英雄史诗。因此他对我很有用。多亏有他,我才写下了我的第一个蒙古英雄史诗。辛巴达卡非常自愿地帮我们洗东西,还在厨房里帮我们做饭,并且不要任何酬劳。只要能吃得饱他就会很开心,就会记得为我背诵出新的东西。辛巴达卡还曾从他的熟人和乡下来的陌生人中为我找出会唱歌的人。

第三个为我们提供服务的人是一个年轻又有风度的喇嘛,苏都巴。他住在我们家附近,换言之他的女友住在我们家附近。他认识传教士涅斯特噶尔德很久了,曾对基督教教义显示出兴趣。但是由于涅斯特噶尔德拒绝每月支付津贴帮助他,他有些失望,就来我们这里找些事情做。

第四个是个南蒙古人。他是一个老人,通常被叫做"察哈尔"。他很穷,不属于库伦的僧侣集团。他来自中国长城附近的察哈尔部落。他在这里以做买卖或给中国商人做中介人为生。大概他会以中国的方式,在一桩买卖敲定之后立马出现在卖者面前所要中介费吧。是这个可怜的察哈尔人拒绝拉着驴去图拉河上取冰,因为这有损他的尊严。于是我的妻子自己拿着斧子拉着驴去取冰了,她这么做是想要让那个察哈尔人看看她究竟因此变得有多么"低贱"。

我们三间屋的房子与北边的栅栏挨得太近了,以至于房子和栅栏之间几乎没有走动的空隙。我们的两只蒙古犬苏卡和尤卡住在此地。这个地区需要用栅栏隔离起来,因为经常有俄罗斯人把此地当做公共厕所。房子有两扇外门,一个在西面一个在东面。我们把西门堵住,把缝隙填满,又在上面钉了一张厚毡子。我在西屋安放了一个暖炉,因为这屋子非常冷。中屋最大,摆放着一架需从东屋加热的俄罗斯式暖炉。这间最东面的屋子或前厅被当做接待室用。有一次我们从一个蒙古猎人那里买来一只大野猪。它当时已经被冻得硬邦邦的,后腿都僵直了。因为很难把它挂起来肢解,我们就在夜里把它立在前厅的一个角落里。夜里猪的后腿变软了,野猪通的一声倒在了地上。次日早晨我们把野猪肢解了,把猪肉弄进了库房里。这是一个用柱子搭建成的又长又高的棚屋,门紧锁着。这是我们存放食物的地方,有一些冻羊肉和切成片的整牛肉,这里还有我们的马具、马鞍和绳子。有时也会有冻苹果、葡萄和鸡蛋。另外,库房里存放着或多或少的砖茶,即所谓的“钱”。

毡房旁边的拴马桩上栓着我们的马或别人的马。还有,院子里有我们的驴,一只拥有非凡的长嘶叫声的公驴。驾着它在市里走动有些危险,因为一旦它遇到异性的驴就会变得非常狂躁。真的只有那木吉拉才能驾驭它。有一次我的妻子在做面团时把前厅的门打开了一小会。这只驴立马就来品尝面团了,它把整个盆子拖了出去,享用了一顿美餐。

我们一家人在此生活得很安全也很开心。在苏卡和尤卡的看护下没有人敢在夜里翻越我们高高的栅栏。白天我们通常将两层门锁上,并且经常能够通过不同的敲门声辨别是谁来拜访者。我们最近的邻居是栅栏南边的铁匠科兹洛夫。他靠经营干草和木材为生,但不时也从事渔业。在科兹洛夫的楼里住着传教士涅斯特噶尔德,一个永远都在帮助我们的好邻居。

在库伦北面的鄂尔浑河岸耸立着庆宁寺(amur bayasqulangtu keyid)。我有三匹马、一辆二轮车、一座马鞍外加一顶新的布帐篷,那木吉拉也想去那寺里拜佛。于是我带着他开始了我在蒙古的第一次自发的考察旅行。这是一个寒冷的秋天,田野上有些地方已经有了一层积雪。不过我们想有了厚厚的羊皮大衣,我们的抗寒准备还是不错的。

关于庆宁寺之行,我已经不记得有什么特殊的回忆了。但值得提到的一点是,我不但进入了所有俄罗斯人通常被允许进入的地方,而且还进入了他们从未被允许进入的地方。我可以去那些地方因为我不是俄罗斯人。鉴于我能说一口流利的蒙语,还能比许多识字的喇嘛读书读得更流畅,我还懂梵语、了解佛教、知道佛陀的传记和教诲,而有些有学识的喇嘛都没听说过这些。于是他们好好接待了我。

我熟知大量蒙古喇嘛的诡辩和教义的难题。他们问我未来是否存在,我们见到听到和感觉到的是真实存在还是仅仅成型于我们感官的幻象。人们问我在老家住在哪里,是毡房还是木头房子。当我说出我们住石头房子时蒙古人很惊奇。一顶不断地在风雪中搬迁的毡房可以最多使用三年。一幢木头房子可以使用一生的时间,偶尔也有超过一百年的。而一幢石头房子,蒙古人想得相当正确,可以用好几百年。因为我说过我们国家的人住在石头房子里,蒙古喇嘛们就问我:"你们国家的人能活到多少岁?难道他们能活几百年吗?"对于我的答案" 能活到60到80岁"他们更是感到吃惊。"多愚蠢的傻子才会在所有人都会在那么短的时间内死去的时候盖一所几百年的住所啊!我们不是教导人们人类不能也不会在地球上拥有永久的地盘么?我们的生命只是为了过渡到另一个生命中去。我们生活的世界是一个充满痛苦与隐忍的山谷"蒙古人如此道来。在这里一个人甚至幻想为自己弄一个永久的住所也不行。

看过庆宁寺,并与寺中人展开最博学的谈话后,我与那木吉拉一同走向回家的路。我们到达了亦旬额勒苏台"九座沙丘",这是一片贫瘠、荒芜的土地。我们来到一道山中的峡谷,没想到这地方成了真正的充满痛苦的山谷。我们把帐篷扎在二轮车旁,放开我们拴了前腿的马,让它们自己寻觅沙漠里干草中偶尔冒出的青草。风刮得更猛了,同时还下起了雪。那木吉拉开始用他冻僵的手收集草原上四处可见的干马粪。他捡了许多,放在自己的皮大衣褶子里,褶子里还积了些雪。直到他带着燃料回来,我一直用刀削着支撑帐篷的木杆往茶壶底下加火。除此之外我别无他法。帐篷的开口朝向不对,风一次又一次地刮进来把火吹灭。我在为了生存拼命削木头的时侯,不小心把支撑着帐篷的木杆削得太深了。突然一阵强风把木杆折成了两截,整个帐篷翻倒在茶壶和火堆上。

我们好不容易才没有让帐篷化为灰烬。茶壶里集的雪只有融化的时间。所以我们当晚就没有什么热茶可喝。我们把帐篷铺在马车旁,试图躲避从马车后面吹来的风。就在这时,我们的马开始变得焦躁不安,开始用最快的速度向我们跑来。那木吉拉锐利的眼睛没过多久就看到了试图袭击马匹的狼群。我有一把能装六发子弹的便宜左轮手枪。我在喀山买了这把手枪,是在去了许多次当地警察局后才得到的许可。他们允许我为自己的手枪配备两盒子弹,总共一百发。现在我拿出这武器站在马车旁,过一段时间开一次枪。我站在几匹马的中间开了一整夜的枪,最后把子弹全用光了。在凌晨三点钟的时候我居然看到了十三匹狼,它们曾离我们过夜的地方非常之近。日出前,当第一缕阳光洒在地平线上的时候,我们备好马,上了路。十三块没有被雪覆盖的斑点留在了狼群卧着等待我们的地方。

我们高兴地回到库伦。我的妻子和女儿都很好,我们的住所和物品也状态良好。只是我的妻子一直都很焦虑。在我去寺里朝拜的时候他们并不知道在库伦的中国城里出现了黑死病。我不在这里的期间疾病蔓延了大片地区,并且已经有几百人死于此病。此时甚至我家大门上也被画上了一个又大又黑的十字。

黑死病,是一种肺炎性疾病,它能在两三个小时内置人于死地,并且使死者的尸体发出奇异的黑色。这种病时常在蒙古爆发。黑死病,通过旱獭传播。旱獭皮是中国人乃至俄罗斯人非常喜爱的商品,在芬兰人们也使用着它的皮毛。旱獭生活在干旱的草原,就如兔子一样,它们会在地下深层挖掘长长的隧道。在曲曲弯弯的通道尽头,是它储存冬日食物的地方。旱獭非常胆小,可怜的蒙古人无法用步枪射死它们。人们可以在它冬眠的时候将它从巢穴中挖出来,但别的季节也可以捕捉旱獭。

夏天人们按下面的方法捕捉旱獭。蒙古人在一根鞭子或棍子的末端系上纸条或哈达或某种看起来花里胡哨的东西,然后在接近一只旱獭的洞口时转动手中的东西,就像转动一轮风车一样。纵使胆子很小,旱獭还是会感到好奇,用后腿站立着惊奇地观望这奇怪的风车。它会在发出几声咔咔声后突然进入自己的巢穴。如果声音尖锐且清晰,那么这只旱獭是健康的。如果相反地,它一声不吭地进入自己的洞穴或行动非常缓慢,那么就可以断定这只旱獭有病。这样,蒙古人标记好旱獭进入的洞口,找来干草放在洞口,趴在地上慢慢地朝洞里吹烟。如果把戏成功了,没过多久旱獭就会摇晃着脑袋钻出洞口。蒙古人随之用手中的鞭子或木棍给它的脖子上来一棒,用刀割开它的喉咙,把手指头伸进它的皮和肉之间,从喉咙开始这么做。蒙古人在整剥这只旱獭之后,割取大约半米长的肠子,将肉割成适当大小块。完成之后再把皮的正面翻出来,加热一些石头,将它们丢进旱獭皮里,与此同时他将足够自己吃饱的旱獭肉也一同放进去。然后用一条肠子系紧旱獭的脖子等待结果。一旦皮囊上的毛发开始脱落,就表示里面的肉已经熟透了。蒙古人将塔尔巴根的领结解开,通常会将皮囊竖着放进它自己的洞里。最后他就可以享用自己在没有锅和水的荒原上做成的这顿肥肉和浓汤了。

如果没有更好的肉可吃,蒙古人会以这样的方式食用旱獭肉。旱獭皮会被卖掉。库伦的俄罗斯商人用 3 戈比购买每张旱獭皮,在西伯利亚的边境上这张皮的价格就已经攀升到 30 戈比了。旱獭皮在莫斯科是每张一卢布,到了加工地莱比锡就是一个半卢布。在夏天的时候蒙古人很少对旱獭的健康状况判断错误。但在旱獭冬眠的时候就不好断定它是否健康了。因此,蒙古人会非常严格地检查旱獭的腋窝。如果旱獭的前足底有疖状物(蒙古人称其为“死亡之疖”)那么他们就不会用它。但一个可怜的穷人可能会为了 3 戈比而将一只病獭的皮卖给某个素不相识的人,即使是一张这样的皮也会在中国人和俄罗斯人之间传播着死亡的威胁。

当遇到此类事情的时候蒙古人有他们自己的办法。当某种未知的疾病或假定的瘟疫在蒙古草原上散播开来的时候，毡房会被拆卸下来，所有的家庭用具都被扔到距离彼此很远的地方，人们带上粮食移居到离原来的住所约半公里远的地方。他们呈一个环形安定下来，尽可能住得离彼此远一些，但也不能太远，否则就无法呼叫住得最近的那个人或给他信号了。他们可以保持这样的生活一个星期。如果没有什么特别的事情发生，人们就会再一次逐渐地聚在一起，重新建立起新的住所了。时时会有人回到先前的居所把留在那里的东西翻过来。这样太阳就可以从不同的角度照射它们。这是蒙古人简单又古老的一种消毒方式。如果有人患上了瘟疫，他就不再应答人们的呼喊，这样人们就会知道发生了什么事情。

我想再歌颂一次我们自己位于拉夫朗围栏的房子。我们不久就把中屋装修得很漂亮。说实在的，我们没有买什么体面的家具，因为在库伦你是不可能买到那样的东西的。但无论如何我们有了几把崭新的克鲁努比椅子和一张大床，床上罩着一顶漂亮的华盖。我的妻子在中国织物上剪出波浪形的花边，用我们新买的缝纫机织出了漂亮的饰物，她使我们的窗帘、床乃至整个屋子变得非常的有味道。另外，我们还有一把本人改良的中国人制造的摇椅。我们有货箱做的衣橱和桌子，上面铺了绣花布和帘子作为装饰。我从中国木匠那里订了一个又大又高的衣柜，大得足以装下三个人。衣柜里面漆成了黑色，外面则用中国漆漆成了艳红色。这里是我冲洗照片的地方。

拍照和冲洗照片的工作在库伦会是一个利益不错的工作，养家糊口肯定没问题。因为库伦没有摄影师。但无论如何要想保护好底片和必要的化学物是非常不易的事情。对于那些想要收集蒙古种族、蒙古住所和蒙古概况的照片的人来说摄影是非常有益的。但对我来说最重要的任务还是学习和研究蒙古语言。关于蒙古语的发音和语言习惯，我完成了我的论文《书面蒙古语与库伦方言的语音比较》，几年后于芬－乌戈尔学会出版。我还搜集了大量的蒙古歌谣和史诗。

几个俄罗斯人来拜访过我们，他们很欣赏我们的家。我们也有过其他的客人，其中包括瑞典作家阿里西斯·库楞杰那，他在寒冷的冬天穿越戈壁沙漠从中国来到这里。他住在了我们家的西屋。不幸的是暖炉坏掉了，有一天库楞杰那试图在屋里烧煤，却差点在夜里死于一氧化碳中毒。他的著作《在中国人和蒙古人之间》对他自己的旅行做了叙述。

一位当年冬天来到领事馆的俄罗斯传教士和一位来此地采集民族物品的奥地利收藏家也拜访了我们。奥地利人寄宿在斯米尔诺夫家，独自占了一个房间。他是一个肥胖的老人。先前他一直在埃塞俄比亚收集蝴蝶，在此之前还在许多国家做过收集。蒙古物品的收集进展得格外轻松。因为斯米尔诺夫雇了一个善于偷窃的蒙古人，每到夜晚的时候他就会怀揣着一些战利品来找收藏家，为此他每天得到一卢布。他以此方式从别人的房屋和院子里“收集”了马勒、帽子、汗衫和内衣等等，另外还有寺庙里的经书和神像。原来这伙计自己就是个寺里的喇嘛。就经书而论，收藏家经常来询问我的意见，因为他自己对此一窍不通。整个收集花费了300 卢布，但一年后等它们经过北京漂洋过海到达它们真正目地所在的博物馆时，被估价五万到六万荷兰盾。

库伦俄罗斯居民的圣诞节绚丽独特。在圣诞节当天所有男人都要走街串巷，给自己的亲朋送去祝福。第二天女人们也做类似的拜访。每家每户的桌子上都摆满了各种颜色不同度数的酒饮，还有各种各样的小吃。由于每个人都要拜访许多户人家，并且必须挨家挨户地品尝每户人家的特色餐饮,所以到晚上的时候你会喝得连站都站不稳。我们在圣诞节的时候也招待了许多客人,尽管我们没有提供烈酒,但是我们有好咖啡和芬兰甜卷,包括那种加了葡萄干的亮黄色长甜卷。俄罗斯人从没有见过,更不用说品尝过它们。另外,我们拿出了柯尔金从喀山寄来的美味的巧克力蛋糕。我总觉得多亏了它我们才成为了圣诞节好客人家排行冠军。传教士最后来到我们家的时候由于太过激动把他的大十字架掉在了地上,在试图捡起它的时候又在上面摔了一个大大的跟头。

复活节的时候也有类似的庆祝活动。

这里的生活很惬意,我的工作效率也很高。但突然间猩红热在库伦的儿童中间爆发,甚至连我们的小女儿也被传染上了。城里没有医生,但我们的俄罗斯熟人断言蒙古人中间有特别杰出的巫医。我们试着请来了其中一位。他说如果在满月的半夜12点钟挤出白色母马的马奶给我的女儿喝,她就会痊愈。这时正值冬季,全蒙古也找不到可以挤奶的母马。所以我们只能对他到此为止了。另一位医师被请了过来。他吹嘘说自己能通过脉搏诊断出八十种不同的病症,然后宣布她得了猩红热,而我们早就知道这个了。当我们谈到用药的问题时,他说他自己总是用植物做药剂。他认为店里买的药毫无用处。他开的药方是由某种干草结合这样或那样的干花熬制成的汤。这种药方毫无疗效,于是他又拿来了一大把枣,在上面又加上了汤剂。结果女儿的烧似乎退了一点,但是她的一只眼睛和双耳发炎很严重。因此我的妻子需要带着女儿尽快回到芬兰。

我找到一个库伦的布里亚特人来把我的妻子女儿和她们所有的行李都送到边境上。那位奥地利收藏家要求与她们一起走,于是,我的妻子和女儿就与这位胖绅士一同乘着那不舒服的交通工具出发了。他们的行李放在后面,我骑着我最好的马随行。春天已经近在咫尺,每年的这个时节,蒙古的沙尘暴会持续两到三天。天空笼罩着沙云,大白天甚至看不见太阳,风沙的力量强得令人敬畏。我们遇到了这样的风沙,几乎整个白天黑夜都在找寻可以躲避的山沟。第四天我们来到了俄罗斯边境,在这里我必须向我的妻女告别。我很愿意跟她们一同回去,但我没有足够的钱,而且毕竟我们在库伦已经收集了很多东西。

从边境回来的旅程当然很乏味。第一晚我住在一座蒙古包里,第二天早上起来非常震惊,因为我发现住在蒙古包里的所有人都是麻风病患者。第二个晚上我走出道路三公里远的地方,因为附近的干草都被牲畜吃光了,除了个别地方,新草还没有长出来。我裹紧身上的衣物,安然地度过了一晚,但由于我的眼睛有点近视,到早上的时候就找不到我的马了。为了寻找青草,它已经漫步到很远的地方。一个偶然遇到的人帮助了我,于是我又给我的马装上了马鞍。第三个晚上我住在库伦的旧家,感觉家已再也不像家了。

在大草原上

我卖掉了驴车和驴,毡房以及所有不再有用的东西,添置了新的交通工具,两顶天蓝色的薄面料的旅行帐篷、几匹新的马和马具。随之我在城外住进了旅行帐篷里。我的马很瘦,就像所有春季里的蒙古马一样。因此我为它们弄了一些黑麦粉和富含粗粉的饲料。佣人里我留下了苏都巴,这是应传教士的要求,也是因为苏都巴能读能写,在智力上也比普通的蒙古佣人要更胜一筹。此外还来了一位名叫洛桑的人,他是一个三十岁的俗人,有些斜视。他的家在西边很远的扎巴罕河域,他对料理马匹特别有经验。作为一个俗人,洛桑有宰羊的胆子。这两个人成为了我的旅伴,直到中国的义和团运动和我的坐立不安使得我的旅行停止。

我们的马车从库伦向西北方向出发,每天行进十到二十公里。我有六匹马,三匹用来当坐骑,两匹拉着我们较轻的行李。尽管很消瘦,它们每天都赶着漫长的路。傍晚,我们在太阳还未落山之时就已按扎好帐篷。清晨,吃完早饭就出发。中午,我们在一些好地方滞留两三个小时吃午饭。

库伦北面的山脉有一种莫名的吸引力。因为它在最精确的地图上也没有被正确地标注。于山脉之间,两三条小溪从北向南流淌着,它们相隔几里格的距离,尽头消失在沙漠中。它们共同的名字是沽南－沽儿斑－乌尔图(gunan gurban urtu),沿着河岸居住着一支游牧部落,他们都是心肠很好的人,生活也相对富有。沿其中一支小溪长着黍和小麦。在这里我的收获很大。我让这里的女孩、男孩和老人给我讲史诗。像那些从蒙古乡下购买各种东西的俄罗斯商人一样,我在这里扮演了一名商人的角色。我买下了歌、史诗、谚语、谜语和类似的东西。我让大家都知道我为自己黑色封皮笔记本上的每一页字支付 5 戈比,但如果我认为这些文字没有错误,我甚至会支付 10 戈比的价钱。通常不到一个星期黑色笔记本就已经被写得满满的了。只是如何支付价钱成为了一个困难的问题。我没有能够随身携带大量的砖茶,为了解决这一问题,我购买了大量的缝针、铅笔、折叠式小刀和结实的线。作为蒙古人献上的牛奶或请客的回报,送给家中主妇的一包针会是一份很受欢迎的礼物。

我们以此方式沿着细长多山的伊温格河谷下行,先渡过了南边来的图拉河,穿过一片沙地后又渡过了鄂尔浑河。我们旅行的目的地是伟大的杭达王(杭达道尔吉)的住所和俗称王府的寺庙。这座寺庙只供当地使用,并且也不是很有名。因此寺里的僧人过着十分平静的生活。喇嘛们学习十分刻苦,还定期举行诵经活动。

他们散布在杭达王的广阔领地上。王想要认识我，亲自来到我的帐篷见了我并且看了我的书。我为他拍了一张不错的相片，作为回礼他送了我一匹漂亮的赛马。

杭达王寺庙南面的小溪与东面的河汇合。在这北面是一座小山，几条细流从山顶流淌下来。山顶上的一座特殊的院子里座落着王的办公府，周围交通很热闹。我和我的抄写员苏都巴经常光临这结合了法庭和警察局的地方。此外我还得到了学习蒙古法律的机会。苏德巴为我拿到并抄写了所有可能弄到的公文。我打算将它们取样带回芬兰。寺里的许多僧人都对我的文学研究很感兴趣。

多那尔教授寄给我一套由五部分组成的英文巨作"蒙古人的历史"，是由亨利·豪沃思上校撰写的。上面的资料非常有意思，且在这里当场证实这些资料会非常有益。原来成吉思汗曾亲自光临过的著名夏营地、举行过大阅兵仪式的撒阿里川就在这附近。而我们的小车队刚刚经过了它的北角。这片撒阿里草原的北部被称为伊图廷塔拉，在它的北面耸立着一座阿鲁－阿萨克图山。在山的西南坡上的一片名叫"七口井"的地域上，有一个叫做"苏吉"(盆骨)的地点。我在那里有了一个重大的发现。在一片墓穴和碑石中我发现了一座刻有文字的墓碑。我拍了这碑文的照片，还抄下了碑文。这块碑文是用突厥如尼文字写成的。多亏丹麦的威廉·汤姆逊教授以及他的作品，我们才得以解读这些文字。苏吉石碑的碑文刻于大约公元 780 年。埋葬于此石碑下的富人如此赞扬自己在尘世的生活："我的盛名从日出之地遍布到日落之地。富有和昌盛乃是我。我拥有十顶毡房和数不清的马群，七个弟弟、三个儿子和三个女儿。无需聘礼，我就给儿子娶了媳妇，给女儿举办了婚礼。"然后，接着是下面的内容："我给我的老师玛尔一百个人和一所住宅。我的儿子们，在众人之中，请坚定地听从我的老师玛尔的话。”关于这一点，玛尔这个词语有着极其重要的文化历史意义，而我第一次见到这块石头时并没有推测出这一点。玛尔指叙利亚教会的一位基督教导师。早在公元750年的时候，在这片土地上有一位基督教传教士，他拥有多达一百人的信徒和一所自己的住宅。

一些喇嘛开始帮助我搜集书本。杭达王也借给我自己的一些历史著作查阅。为此我独自呆在寺南小溪北面山坡上的帐篷里长达一个半月。

当我离开库伦的时候我的马已经很瘦了，在旅行中它们变得甚至比以前还要瘦，并且越来越懒惰。一个杭达王的牧马人立马照料起它们，借给我一些自己的马供我短途旅行使用。

我开始向不同的方向做短途旅行，且总去那些可能刻有蒙古文字的山崖。在一条始于寺北面山隘间的小河与色楞格河的交汇处，有一座“文字崖”——毕其格图山崖。我来到河的三角洲上询问毕其格图山崖在哪里，他们指给我色楞格河北面的一座崎岖的山崖。山崖座落于两条河（色楞格和额盖河）的交接处，两条河的河流都很湍急。另外由于色楞格河又宽又深我没有能够骑马过去看石头上的文字。所以我就把我的内衣、鞋、铅笔和一点纸卷成一个包囊戴在头顶上，试图游到山崖那边。第一次我被水流冲走了，根本没能接近山崖。第二次，我选择了上游的一个好地段，终于勉强到达了另一岸上的山崖旁。尽管对岸的人试图通过对我喊话指导我，但我还是在那里徒劳地找了半天雕刻的文字。终于我在一块岩石平滑的侧面看到了文字。这是一段布满了苔藓的毛笔笔触文字。文字是用回鹘文字写成的，内容是用回鹘语编写的。

回鹘文字随着叙利亚的传教士以及他们的信徒回鹘人来到了蒙古。不幸的是后来我在西伯利亚把我的复制品弄丢了。在当时的情况下绝对不可能给这些文字拍一张照片。我扑腾着游过了湍急的河水,这在蒙古人眼里已经很不寻常了。

有一次,一位牧马人来到我山上的帐篷里见我,他提到我的马已经肥壮了许多。它们换了一层毛,还长了一些肉。有一天我专门出去看了看它们。几个马群散布在一大片草地上,总数有几百匹。我要求一位牧马人跟我一道去帮我辨认出我的马。但牧马人却说那几匹马依然认识我。我通常习惯于骑一匹高大,黑色的骟马,偶尔也会骑我的其它几匹马。现在当我骑着别人的马在马群里转悠时,这些马通常只是抬了一下头,然后继续低头吃草。它们是陌生的马。但是我发现马群另一边有一匹马一直停在那里看我。过了一会另一匹也参与进来开始和第一匹一样地看着我。再过一会,我看到我的六匹马逐渐地都聚集了在一起,在那里聚精会神地观察着我的一举一动。我兴高采烈地骑到它们跟前。令我惊喜的是,它们都变得非常肥壮。可是我的黑马压着耳朵来到我跟前,其它几匹跟着它,在我还没有防范的时候,黑骟马转身想要踢我正在骑着的马。我回到牧马人的毡房后描述了自己刚才的历险,而伙计们却觉得这很正常。我自己的马是在妒忌我骑的那匹马。

蒙古人辨别马的能力和养马的技术很独特。马没有名字,人们依照它们不同的颜色给它们命名。依据颜色的命名多达一百种。我们眼里的"黄褐马"或"枣红马"在蒙古人那里变成了许多不同的名称。通常描绘颜色或外表的两个词就完全足够将一匹马从马群中辨别出来。一天晚上我来到一个蒙古人家,将自己的马放入了他的马群中。在我之后,又有一个蒙古人来此地投宿,也将自己的马放入了马群。当他早晨醒来要拿自己的马来骑的时候,蒙古人家的主人要他把我的马也一同带来。这人从来没见过我的马,所以理应认不出它来。但我们所住蒙古人家的主人主提到的两种名称——颜色和细微色差,便是所需要的一切。他准确无误地从群里将我的马挑了出来。

谈到马,蒙古人根本就没有马的护理或牲畜的护理可谈。因为他们给不了他们的牲畜什么护理。在寒冷的冬天,马需要自己寻找稀缺的食物。如果牲畜们走得太远,蒙古人就会干脆把整个毡房移到离马群近一些的地方。尤其在草料稀少的地方,马群会分散开来。就算一个男孩或女孩骑在马背上试图把驱散的马群汇合也算是一种对马群很好的照料了。

有一次我来到杭达王寺庙附近一片美丽的谷地,这里茂密的绿草延续了好几公里。我骑马向前,发现四处躺着一些马的尸骨,显然,挺大一群马曾死在这里。一个蒙古人随后骑马而来,我问他这些尸体意味着什么。他说这些是他自己的马,如今300匹马中只有一匹种马和几匹骟马存活了下来。这些马死于我早先提到过的11月的那场大风沙。温暖的阳光照耀着枯黄的草,风沙来了,夜里下了霜,僵硬的积雪和沙子在每一根草叶上结上一层厚厚的晶体,而这却是已经皮包骨的马群的唯一食物。我建议这个蒙古人在夏季里可以储存一些干草。他觉得这是一个好主意,但他自己没有镰刀,别人也没有。他和他的一些伙伴问我什么时候割草最合适。我说7月中旬是个不错的时节。对此,有人却说:“但这时候正是盛大的赛马比赛举行的时节,而且人们在这时候通常都朝拜去了。”

读到这里,也许读者们就能明白俄罗斯铁匠科兹洛夫是怎么依靠卖干草赚钱的了吧。成群的西伯利亚农民在夏天快结束的时候沿着色楞格河谷到来,为自己割下最好的饲料。贫穷的蒙古人用牛车把这些俄罗斯人的饲料干草运到边境上,那里有征收进口税的。蒙古有很多草木茂盛的地方,其中有那些狭长的河岸和宽广的谷地。草长得非常茂密,事实上太过繁茂以至于马和骑马的人都不愿意穿过一片草场。这就像是穿过一片茂盛的麦田。我可以在这里说,尽管杭达王后来把割干草变成了一种交税方法,但人们大概只是割了不得不交的一部分草,然后一如既往地让自己的马和牲畜挨饿。

如我上述,我在王的寺庙范围内居住的这段时间,我热切地试图搜集一些历史资料。许多老人对此很感兴趣。我被问及各种各样的问题,人们依此判断我的学识有多渊博。我们经常谈论蒙古人的将来。很长一段时间在蒙古有流言传说中国政府打算将蒙古向殖民中国的国家开放。人们问我蒙古的将来怎样才能最稳固和安全,还问我是否能利用我的历史知识说出他们未来的命运。自然我给不了他们想要的答案。在蒙古人看来,我的历史知识很差。因为一个真正有能力的历史学家不仅知道过去,还要知道未来会是什么样子。他们认为一个历史学家的首要任务便是预言未来。

我与乡下的俗人相处得很好,他们严肃认真且通情达理。当我终于离开杭达王寺,沿着鄂尔浑河岸向南行走的时候,总是被一些打算让我一晚上不睡觉的老伙计所发现。"也告诉我一些东西吧,就现在。"老人会这样请求。第二天晚上又会有一个人会过来,于是我又得为他倒出我所有的历史知识。

有一次一个拥有一大群马和几十匹骆驼的老伙计代表蒙古人殷切地向我表示感谢。因为我克服种种困难来到了他们的国度。他希望某一个王或别的什么人能回访我的国家。由于没有别人这么做,他承诺自己会来。"我来回需要带多少匹马呢?"我告诉他骑马是不可能到的。"为什么? 我们的国度相隔着那么大一片沙漠吗? 如果草不够我的马吃,那我就骑骆驼过去。"我说草够吃,只是西方所有的草场都归那里的居民所拥有。听了这话他感到很惊奇,并询问我那里的人是不是食草生活。当谈论到为牲畜存储干草的事情时,蒙古人的观点是土地不属于任何个人。我曾偶然说到土地经常被买卖,引起了人们更大的惊讶,人们问我土地怎么能被买卖呢。当一个蒙古人买了什么东西，他会携带着它，无论是一个物体或一只牲畜。“土地不能被购买，因为你带不走它。”蒙古人这么说。他们要求我说出土地是如何真的被买卖的。当我解释道人们会订下一个购买协议或文件时，他们听懂了也笑了。中国人用文件来做一切可能的事情——为了跟彼此变得更亲近而嫁掉他们早死的孩子——但是土地买卖，一个人得到一张纸而另一个人得到钱这样的事情蒙古人还是从没听说过。其中一个蒙古人站起来指着月亮说道：“买下它吧！我们会给你所需要的文件，然后你来给我们钱。”

一块地皮可以归属某个人的想法令蒙古人感到很荒谬。地球早在人类诞生前就已经存在，甚至会在人类灭亡之后继续存在。人类不能摆脱地球，而是属于地球，最终将回归地下。更准确地说是地球拥有人类，而不是相反。这对他们来说是显而易见的。

在库伦官方作为通行证给我的文件上写着，我游历这个国家，是为了搜集知识，erdem erikü。这些话的字面意思是“为了积攒德行。”虔诚的蒙古人在这世上最大的渴望就是积德和行善。在库伦，有一次一个穿戴很好的喇嘛来到我家请求施舍。我什么都没给他，他只是问我施舍是不是行善。我的回答是肯定的，于是他问道：“劝他人行善难道不算行善吗？”他要求我行善，因此有了一个心理上的优越点。而我却输了，因为我没能把握时机。这张谈到搜集功德或知识的文件经常带来喇嘛和俗人对我的莫大尊敬。我听说很多人惊讶于一个生长在西海岸的人，为了寻求知识而来到如此遥远的地方，因为包围整个地球的海洋的边界就在满洲的另一头，因此我没有比这更完美的路可走了。

有一次，一位老人正在真挚地跟我讨论不同的宗教信仰。“它们是不同的河流”老人说道：“但所有大的河流终将奔入同一片海洋”。他问我们的天堂是什么样子的。“它有一扇大门还是好几扇？是否有高高的白色围墙，它们是否闪闪发亮？”我认为我可以给他一个肯定的答复，老人非常高兴：“那么他们也拥有和我们所知道的天堂一摸一样的天堂。”他说，有许多路通向邪恶之人最终要到达的地方。那里有 16 扇不同的门，有许多区域：火的地狱、冰的地狱、石头的地狱、压力的地狱等等。这个老人已经老去，而我当时 26 岁。他在陪伴了我几天以后回到自己的家乡，他说他不会为去天堂的事而烦恼，因为他会在那里思念我。他要求我正直地度过此生，这样我们就会进入相同的天堂。他真诚地承诺自己会站在天堂门口等待我的到来。时间在那里什么都不算，因为那里不存在时间。

有一次，远在去库伦路上的某个地方，几个蒙古人饶有兴趣地问我马上就要到来的基督教节日是什么节，是我们上帝的生日、祭日还是结婚的日子？据我所知没有一个节日是提前预定好的，可这些蒙古人又坚持说一个很大的节日就要到来了。我反过来问他们在哪里听说节日的事情。他们并没有从任何人那里听说节日的事，而是看见了它，他们说节日已经在二轮车上，已经在来到库伦的路上了。一个“载在车上的节日”对我来说自然是一个奇怪的概念，因此问他们它看起来是什么样子的。蒙古人对于我不知道我们自己节日的事情感到非常惊奇。实际上，大量的酒正在被运往库伦。“当基督教徒庆祝一个节日的时候会需要很多酒。如果是一个小节日，需要的酒则少些。”蒙古人这么说。冬季中旬有一个大节日，春天又有另一个非常大的节日。据他们所见，一个很大的节日就要到来了。后来我从一些俄罗斯人那里得知那时的俄罗斯人确实在庆祝全西伯利亚的守护神，这位圣人的陵墓在伊尔库茨克城最大的教堂。蒙古人似乎很了解酒和基督教节日的关系。

冲突的声音

1900 年入秋之际我在鄂尔浑河和塔米尔河游历,并一直跟随我的好马移动着我的帐篷。可是这惬意的生活突然被打断了。

一天夜里,两个俄罗斯人来到我的帐篷。其中一人名叫莫格尼科夫,另一个名叫卡卢金。后者经营着一个名叫寨查布的商人的分店。他们在旅行途中听说有一个“俄罗斯人”依然安然地生活在蒙古人之中。据他们说,俄罗斯人和中国人之间早在几个月前就开战了。一封来自北京的官方文件命令蒙古政府机关立刻杀死所有俄罗斯人和其它白人并把他们埋葬在地下。

中国发生了动乱,所谓的义和团运动爆发了。他们的目的是把所有欧洲人赶出中国。

由于第一次听说这个惊人的消息,所以我并不太相信它,于是安静地待在了原地。两人消失在黑暗的夜中。听说已经有二十多个俄罗斯公民聚集在一个大商队中。莫格尼科夫和寨查布是比斯克城的商人,他们会在早春的时候带来大量的蒙古人的必需品,包括铁壶。最首要的是布料,这样他们就可以进入到外蒙古的最深处以赊账的方式卖掉它们。当他们的货品售完的时候他们会在夏季最炎热的时节停留在某一个美丽的地方,等到秋天再回到比斯克,并在旅途中将赊账金额用收羊毛、皮和牲畜的方式收回来。老实说蒙古人会在秋天还债。即便是商人自己也总绕道几十里格的路。这些商人中的一部分现在正在穿过无人烟的地方径直向北去往俄罗斯边境,而库伦的俄罗斯人对这些人的行踪一无所知。他们晚上赶路,白天躲在树林里。当我见到那两个俄罗斯人的时候我给他们看了我随身所携带的总参谋部地图,并劝他们一直向恰克图的东北方向走。但他们认为这条路太危险,因为他们还带着女人和孩子。

他们的来访很轻易地引起了蒙古人的注意。人们问我西边远处山谷林荫路上的人们要去哪里,为何如此匆忙地离去。无论怎样,当时我无法与他们一同离去,因为我的一个佣人去了别的地方,我的马也在一个蒙古马群里。经过深思熟虑后,我在第二天晚上迅速地带着我的马和物品回到了杭达王寺。途中我们见到一个蒙古人,他详细地向我描述了人们现在怎样杀死一个白人并掠夺他的财产而不用被惩罚的事情。

事实上,我发现自己处在一个非常麻烦的处境中,但我却有许多好朋友,我的好名声也在很大程度上保障了我的安全。回到王寺后我要求觐见王本人,他立马接见了我。王在听我说完来自北京的杀人命令后很生气。他认为的确是来了一份文件,但内容很有可能被人篡改了。他说在北京,“曹福山”(义和团运动的一位首领)的一些朋友成功地在官方文件中混入了粗制滥造的仿造品。王在自己的办公府里,立马就将这份文件撕毁了,官员们被禁止对外人谈论这件事情。我告诉他自己现在想去恰克图,于是王派了两个可靠的人护送我。我的旅行箱、帐篷和其它物品都留在王的牧马人那里看管。我只留了最好的两匹马,和洛桑轻装骑着它们沿着鄂尔浑河和色楞格河前往恰克图。

我到额尔德尼昭打听了那两个深夜来见我的俄罗斯人的商队。没有人知道那商队的命运。我们继续去往恰克图。

在恰克图的警察局,我们听到了战争的警报和大量蒙古方面的谋杀事件,但商队的命运却无人知晓。送信者被派遣到西边边境上的哥萨克村庄,直到一周后关于商队不幸境遇的消息才传来。这些来自比斯克的无辜商人在逃难时没敢在有人的地方现身,他们的粮食也吃完了。有一个小孩在行途中死掉了,还有一个女人又生了孩子。他们向西走得比我想得还要远。我在恰克图的时候见了莫格尼科夫和寨查布，还有其他五个商队里的商人。原来他们在途中遇到了袭击，在慌乱中丢掉了大量的货物。寨查布丢了几十个铁壶、许多片旱獭皮和数个大袋的羊毛和驼毛。来到恰克图的蒙古人陆续带来了那些货物的消息。所有的壶都消失了，狗把旱獭皮撕成了碎片，蒙古人拿走了袋子，里面的羊毛驼毛飘到了几公里外的地方。寨查布是这些商人中最富裕的一个，也是最郁闷的一个。他痛苦得几乎要崩溃了。我花了两天两夜的时间陪伴他，安慰着这个已经有了自杀念头的不幸的家伙。之后我有幸说服他的一个店员及时地陪我去挽救那些仅存的货物。

于是我带着那名店员和我的佣人洛桑往回走。在杭达王牧马人那里停留一天后，我决定在寨查布的店员和佣人洛桑的陪伴下踏上更远的旅程。我的另一个佣人苏德巴找借口向我请了假。我听说他很好地利用了自己写作的能力，还见了王的牧马人。他拿出一封信，谎称是我写的，用它拿走了我的一部分财产。此外，他还找到一个富有的蒙古人，从他那里帮我买了两匹好马。说几天后我会用银子付账的。这件事发生在我去往恰克图的途中。因此现在我需要前往远在西南边的札雅葛根寺，因为苏德巴逃到那里的家中去了。我让我的人洛桑代表寨查布去了一些政府机关，所以有好几天的时间我都是独自一人。我去札雅葛根寺取得了部分苏德巴买马欠的钱。虽然从没订购也从没见过这些马，我却被迫支付了买马的全部价钱。

这时的情况不是很妙。首先，我的佣人洛桑想要离开我，他也真的这么做了，因为他想要去给一个有钱的蒙古人做牧马人。我独自一人带着三匹马向北踏上返程的路。因为我没有带足够的食物和茶，在路上我经历了各种冒险。有一天，确切的说是一个晚上发生的一件事情，也许在这里值得一提。

我的路沿着塔米尔河延伸，广阔的田野上可以辨认出一里格之内的毡房或牲畜。在太阳快要落山之际,我绷紧每一根神经寻找着人类居住的痕迹。可四处有的只是一片荒凉。人们移到避风的地方已经很久了。因此我骑马上了远处的小山,尽全力用双筒望远镜瞭望着,因为我还得用右手牵着我的两匹马。太阳已经落山了,我还没有找到任何人类居住的痕迹。然而,不久我发现一些牲畜的粪便,由此我断定这附近一定有人居住。我使出浑身的力气大喊了一声。我又喊了喊,还没有人回应。我只听到了自己的回音。不久我的周遭变得一片漆黑,我只能看到天空中闪烁的星星。

我拿出左轮手枪开了几枪。这在寂静荒野中上的山脉间激起了一连串的回声,这应该惊动了一些狗。但即使是这么做也无济于事。在黑夜中再前进几公里之后,我打出了更多的几枪。这一次我听到了狗叫声。我的马也听到了狗叫,知道向哪里走才能摆脱骑手和身上沉重的马鞍。

最终我找到了一顶帐篷。我在黑夜里不能辨认出究竟是有一顶还是更多顶帐篷。帐篷的毡子门被掀开了,一道微弱的光射了出来。我跳下马背,用蒙古方式快速拴起了马,将前腿用缰绳拴住。我用最近的备用马上的绳子打了另一个蒙古式的结,将其拴在自己在骑的马脖子上。我拖着又累又僵的四肢走向面前的屋子,狗在我的脚边吠叫着。人们涌出帐篷,一个接着一个,大人小孩都有,他们哭喊着消失在黑暗的夜色中。

当我掀起毡子门深深地弓着身子踏入帐篷内时,我惊讶地发现自己竟然是整个帐篷内仅剩的一个人。帐篷是空的。灶火依然在地板正中央烧得旺。我站在灶火旁温暖着自己冻得僵直的躯体,我觉得自己像一个囚犯一样。

我没有一个人待太久:不久我发觉有人正在掀开毡子门,三个人走了进来。第一个人拿了一把银光闪闪的斧头,甚至另外两个人也手拿武器。现在,我站在先前的炉火右侧,内心充满了恐惧。我尽可能地保持冷静,问候了他们,询问他们家畜是否都好,有几个孩子,并祝福他们草场茂盛、人丁兴旺。但我得到的却是一个涩涩的、难以琢磨的简短的答复。

我必须让他们开口说话。

“你们这里是这样接待陌生人的吗？蒙古人热情好客的习惯什么时候变成这样了?”

“现在是战争时期!”站在门口的人咆哮道。

“战争？是,我太了解了。我刚刚从你们政府那里来。他们没有发动战争,我也没有。我与战争没有丝毫关系,当然你们也没有。不给我倒碗茶吗?”我说。他们中的一人过来给灶火加了点燃料。“如果你们不敢或不肯给我这个孤独的旅行者一个留宿的地方,那我只能在喝完下一碗茶后再次回到外面荒凉的草地上了。”

“你们一共有多少士兵?”其中一个人问道。

“我们不会让他去任何地方。给他倒茶的时候保持警惕。”另一个人说道。

“我一个兵也没看到,我也不知道你们在说些什么,告诉我你们到底是怎么想的。”

“你是一个俄罗斯兵,”其中一个人说。

“你们一定还有更多人,我们刚听到许多枪响,”他们说。

“啊,确实是的,听到枪响了吧？那是我在用自己的小左轮手枪射击,因为我骑着马迷路了,正在寻找有人烟的地方。”

逐渐地,他们不再激动了。最明显的征兆时主人坐在矮床的边上,看了看床单又整了整,但他没有放下手中的斧头。

我再没有观察自己的周围。我喝着自己的茶抬头望着天边的余辉。我可以自信地说,男主人甚至改变态度试图了解战争到底在哪里进行,到底哪一边在赢,是中国还是俄罗斯。我坚持说没有发生战争。就算在中国爆发了一场起义,那也不能被算作战争。“就算那是一场战争”我说:“那跟我们有什么关系?你们是蒙古人,不是汉人。就算战争最终来到这里,打仗的也是士兵,不是商人和其他人。”我形容了军队的模样,告诉他们士兵们手拿什么样的大枪,对他们保证战争只在士兵之间打响,其余的人和所有的妇女儿童都将安然无恙。

“你在扯淡!”其中一个人说道:“战争中根本没有慈悲可言”。他们说,据说有些俄罗斯人来到蒙古靠近边境的某个地方,杀害了七个家庭的人,赶走了他们的所有牲畜。据我推测这不过是个谣言,只是一些来自西比利亚那边的逃兵确实杀害了一些人。

“战争不会遵循任何法律规章”其中另一个人说。“在战争中杀戮敌国的百姓是被允许的。”

一场关于战争和战争规则的争论开始了。他们好像深信只要他们愿意,就有权利杀人。但是在我们谈话的时候,其中一个人从男主人背后拿起一件皮衣随后消失在门外,没过多久另一个人也效仿他走掉了。我留下与主人面对面继续讨论关于战争规则的话题。

我请求男主人原谅我夜晚到此打扰他的家,可是我并不知道他们正恐惧着战争。随后,我请求他从邻近的毡房叫回他逃跑的妻子和孩子,他们的皮衣也刚刚被拿到了那里。男主人依旧手拿斧头坐着,说自己的妻子无论如何也不会回家来的。

疲劳和困倦击败了我,不知这是因为受到了突然的惊吓还是长途跋涉的结果。炉火对面,男主人也似乎正在托着下巴打盹。我的头耷拉了下来,我伸直了胳膊和腿。男主人也这么做了,他把斧头放在了垫子底下。而我在黑暗中抓着我的手枪套,转过身来以提防房子的主人—我睡着了。

我可能睡了好一阵,随后被大声的喊叫和铮铮的马蹄声吵醒了。我立马坐了起来,但什么也没看到。因为燃烧牛粪的炉火已经灭了。总之,我能感觉到温暖的来源,我打着了火,观察起自己的四周。男主人走了,我再一次一个人留在了帐篷里。“这边,这边!这儿呢!它跑不掉了。”我什么也没听明白,只是手里握着我的左轮手枪,等着有人突然袭击。没有什么袭击的声音,只有围绕帐篷奔跑的声音。他们是在趁我一个人的时候包围我吗?我等了又等,心想我是拿着手枪死命抵抗好呢还是像个俘虏一样乖乖投降比较好。叫喊声忽远忽近。

紧张的局势稍有松懈,坐着令我感到疲倦。我的头又一次耷拉了下来,尽管我努力让自己保持清醒。

当我再一次醒来时覆盖着帐篷烟囱口的天窗盖被拉开了,亮光照了进来。炉架上闪耀着鲜红色的火,上面放着一口大锅,男主人正忙着熬茶。当我起身的时候,我的手枪从大腿上滑下来掉到了地上。我羞愧地拿回手枪,向他道了早安。

“你睡了很长时间,你一定累坏了。太阳已经升得老高了。”

我们就像两个老朋友一样坐在那里喝着茶。

“你在凌晨醒来过吗?”男主人问。

“是的,不过我又睡着了。”

“一次大的不幸差一点在这里发生,而且不止是不幸,是一件可以让我名誉扫地的事情。”男主人严肃地说。

“为什么?是什么事情?”

“你知道怎么拴马腿吧?还是不知道?”

“哦,我知道啊”我确信地说。

“你昨晚在黑暗中正确地栓了马腿吗?”

“我想是的”我告诉他自己如何将自己的三匹马从脖子拴在一起,以及如何给最左边经常骑的一匹马前腿系上了蒙古结。

“可它是不是背上有马鞍?”男主人询问道,于是我想起自己忘记了取下马鞍。

“哦,是的,我们太过激动地讨论着战争,我都没有想过要留意你的马。它们在半夜里挣脱绳索跑掉了。我们好不容易才追回它们。”

他掀起毡子门让我看看我的三匹马是否都安然无恙。它们已被拴好,在视线以内,安然无恙。

昨晚的两个客人走进来坐了下来。他们是他的邻居。

“你真的不是士兵?”其中一个人用将信将疑的眼神看着我问道。

“你不是士兵?现在战争爆发了,你又有那样一把枪。你真的可以用它杀人。”另一个人补充道。

“我没有权力那么做,而且我也没有想要杀害任何人的念头。”我叫他们放心。

“不管你说什么,关于蒙古人热情好客的品质,你说得对,我承认自己怠慢了”男主人说。

当我起身整理自己的腰带时,那手枪又掉到了地上。男主人坐在床边上深沉地说,“如果你醒来发现自己的马不在那里了会怎么想?你自然会以为我们趁着一个陌生的来客熟睡之际偷走了他的马。但上天对我们是仁慈的,那样的耻辱并没有降临在我和我的家庭以及这片土地上的任何人身上。”

“战争正在进行中,还是杀了这个俄罗斯人比较好”其中一个客人说。

我们临别时互相祝福,用蒙古传统的方式祝福客人旅途愉快,主人好运连连。

我给自己的一匹马装上了马鞍,拽着另两匹马的缰绳,跨上马背出发了,但我一直没敢回头,直到我骑上前面的山坡顶。我身后的谷地里是三顶帐篷。女人和小孩看着我离去。牛羊散布到更远的地方去了。一切都是那么的平静。想到自己刚刚离死亡那么近,我不寒而栗。

这次旅行过了几个星期之后,我又能够对蒙古人的特点做一些观察了。我把自己疲劳的马留在了身后一个熟人的马群中。我一大早就从那里出发,飞快地向色楞格河的方向骑去。大概在中午的时候我来到了一顶独立的帐篷。我走进帐篷想要喝一碗茶,顺便问一问路。由于战争的原因,房子的主人一开始对我非常地不友好。在我喝茶之际他忙着弄我的马。他仔细地观察了它的眼睛,甚至张开它的嘴巴看了看。关于马,他没说什么特别的就走了进来。我送给他一个小礼物作为茶水的回报,便上路了。当我以沉重的步伐骑了数小时之后我发现自己的马开始喘息,并出现疲劳的迹象。它开始不断地磕绊和摔倒。我自己带着一些东西坐在马鞍上。我让马又走了一会儿,可之后它就躺在地上起不来了。我环顾四周,荒无人烟,没有任何人和畜的迹象。根据我自己的信息,我现在离有帐篷的地方至少有 10 公里(6 英里)远。我无法想象自己将扛着马鞍步行。我的处境令人沮丧。我站在荒芜的没有水的草地上,精疲力竭。此时已经接近黄昏时刻。然后我察觉有人正从我来时的方向骑马而来。是我刚才拜访过的那顶帐篷的主人。他手里拿着另一匹马的缰绳。“我就知道”他说:“你的马有严重的肺炎,所以我跟着你来了,还带了另一匹马。带走这匹马,我会照料并想办法治愈你的马。如果它能好起来,我会把它带到你指定的地点,但如果它死了你也不必为那匹新马付钱。它不值多少钱,所以根本就没什么可付的。”当然,我慷慨地付了他酬谢金。

蒙古人在人烟稀少的草原上对旅行者热情帮助,且与彼此有着深厚的友谊。即使是在现在这样战争爆发的时代,对我这个“敌方的人”依然如此。

夜晚变得越来越冷,尽管白天依旧比较暖和。通常蒙古气温的变化非常快。白天 15℃(60°F)的时候,夜晚可以降至 -10℃(15°F)。通常白天和夜晚的温差有二十度(摄氏度)。在 8 月末的晚上就已经会出现厚厚的霜了。9 月和 10 月的时候牧草会完全枯黄,夜里的温度也会降至零下几摄氏度(32F°以下)。我弄到了一个羊皮睡袋,把它固定在我的马鞍上。在 1900 年的秋天当我从特洛伊茨科萨夫斯克前往杭达王府安排把落在那里东西运送到边境上时,有很多个夜晚我都一个人睡在这个睡袋里。

在特洛伊茨科萨夫斯克

自 10 月末起我住在我的朋友伯罗丁的房子里。一切都很周到,起初睡在一间屋子里感觉很奇怪,我就在庭院中睡在自己的睡袋里。在伯尔丁的家我成功地整理了自己收集的大量资料,并拷贝了从杭达王府借来的一些书。在特洛伊茨科萨夫斯克举办的俄国皇家地理学会会议上我发表了自己生平第一次用俄语完成的演讲。演讲是关于蒙古英雄故事的,1902 年我把它印刷了出来。在我完成了我的搜集以后,通读了波兰学者科瓦列夫斯基的蒙俄法大词典,对它进行了补充和纠正。在我做这些的时候冬天渐渐地到来了。

回到芬兰的旅程

现在我已经准备好回到芬兰了。我的家人已经回到了那里。我把所有重要的发现和成果放进两个红色的蒙古箱子里,我带着它们、还有两三个行李箱、我的相机、一些毯子和坐垫出发了。当我到达伊尔库茨克时身上只剩下不到 100 卢布了。从伊尔库茨克到圣彼得堡的三等车厢车票要 48 卢布,运送行李几乎需要与这相等的钱。因此我把自己的蒙古箱当做货物送上到伊尔库茨克的运货列车。他们告诉我运送箱子大概需要三个月的时间。两个箱子加起来重达 7 普特 10 磅(约等于 262 磅)。

在结束了漫长而又充满冒险的蒙古之旅后我精神抖擞地回到了赫尔辛基。

芬－乌戈尔学会的主席奥托·唐纳教授接管了运送箱子的收条,将它寄到了圣彼得堡泰瓦兰特代办处。我自己则动身去卡鲁那庄园见我的家人。我在那里等待着箱子的到来。三个月过去了,又过了四个月、五个月。没有任何箱子的音讯。我开始变得焦急,于是去了赫尔辛基和圣彼得堡,却没有得到箱子的消息。当我回到土尔库和卡鲁娜之后从土尔库的海关收到了一条通知,我前往那里寻找我的东西。无论如何,它们首先需要通过海关。结果标注着我的名字的本应该是两个加在一起 7 普特 10 磅的箱子变成了一台巨大的俄罗斯式梳妆台和两个系在一起的轻椅。这就是泰瓦兰特代办处寄到土尔库的东西。海关官员马克琳先生建议我不管怎样都应该支付这些陌生玩意的关税。打开梳妆台最上层的抽屉,有一些寄给某位住在科洛姆纳城的伊万诺夫先生的信和一些其他东西。其中一封信中,伊万诺夫的一个熟人写道他现在已经在一家位于圣彼得堡花园街 20 号的布料店工作,他希望伊万诺夫和他的妻子在尽快在首都得到一个高新职位。我怀揣着这封信前往圣彼得堡见了伊万诺夫—梳妆台和椅子的合法拥有者。在圣彼得堡的货运站(伊万诺夫已经在此寻找他的物品很多天),大伙皆大欢喜,并要求我马上寄回伊万诺夫的东西。由于来回的运费和其他所有的麻烦事,我当然不能同意他们。我和伊万诺夫一起跑了许多地方,事情最终得到了解决,我终于不用为这奇怪的混搭家具支付一分钱。但无论怎样,我自己的箱子依然不知去向。

米格拉教授代表芬－乌戈尔学会拜访了圣彼得堡,而圣彼得堡科学院也承诺尽全力帮助我们。这项任务被分派到一位铁路的审计员身上。在伊尔库茨克到圣彼得堡的线路上铁路董事会宣布将为提供我的箱子的线索的人奖赏300卢布。直到第二年的早春,我才得到了通知我前往圣彼得堡铁路董事会的消息。我等待着结果。当我到达时他们呈上一份来自西伯利亚铁路董事会的官方消息。我读到了如下内容:"西比利亚铁路董事会通知您,通过调查发现您的箱子于……夜里失窃于坎斯克车站。"信中还包含了这样的内容:"兹决定为每磅赔偿多少多少戈比。"经过商议和来自赫尔辛基的建议,米格拉教授再一次来到圣彼得堡并要求西伯利亚铁路董事会赔偿我全部的损失。芬-乌戈尔学会告诉他们我两年半的旅行所花去的经费,过了一段时间,俄罗斯国家银行向芬兰银行汇了款,赔偿总额为6600卢布,即17000芬兰马克。

我冗长而又精疲力竭的旅行所换来的所有的科学研究结果、所有的照片、我写满了蒙古英雄传说的笔记本(都是我买来或别人当做礼物赠予的)、还有一大堆来自蒙古的物品就这样落入了不知名的小偷手里。他们的赃物对他们来说毫无用处,而且他们很有可能在看到悬赏令后烧毁了所有物品。只有我妻子带来的一点物件和我自己衣箱里的一点东西留了下来。

一本记载着一些蒙古谚语和一些凌乱数据的笔记本留在了一件衣服的衣兜里,当第二年我几乎完全凭着记忆完成我的博士论文时,它成为了我重要的资料来源。这篇论文于1902年11月印刷出版。

4 拜访卡尔梅克人的故乡

当我于1902年11月为哲学副博士学位进行论文答辩时，申请了罗森伯格奖学金并有幸得到了这笔旅费资助金。现在我可以进行计划了很长时间的调查不同蒙古人居住地的旅行了。我的计划包括走访伏尔加河边的卡尔梅克人还有突厥斯坦人，另外还要去阿富汗找到莫卧儿人。

1903年3月我从赫尔辛基启程了。我在圣彼得堡逗留两个星期以了解图书馆以及其它与我的田野工作相关的事宜之后，于1903年3月19日到达察里津，即现今的斯大林格勒（于1962年更名伏尔加格勒），和邻近的萨雷普塔。察里津位于伏尔加河岸，是一个美丽的地方。但是他们没有铺街道，灰土和煤油的气味混杂着臭鱼腥味，令人对这座城市不敢恭维。而另一方面，居住着德国人的萨雷普塔，却是一个非常有趣的地方，它位于察里津南方数里格处。

赫仁护特教会（即摩拉维亚兄弟会）——这支在女皇叶卡捷琳娜二世的时候广泛流传于德国的教派，承担起了将卡尔梅克人变成基督徒的任务。女皇召集德国拓殖者来到她的国土来启迪和指导她的臣民。这些德国殖民者来到了伏尔加河岸，直到第一次世界大战结束这个地方依然保持着德国的风格。

摩拉维亚教徒制定了周密的计划来改变卡尔梅克人。在不同的德国商团中形成了精英的团队，例如裁缝、鞋匠、磨坊主、糕点师和织布工等等，每一个行业都由两个非常能干的虔诚信教的家庭作为代表。这些家庭住在了卡尔梅克人居住区中的小沙尔帕河边。就在这个离额尔格纳高地稍远一些的地点，他们建造了一座特别的城市，城市里所有的建筑都是德国风格的。它们散布在萨雷普塔的广场周围，教会、女人和小孩的庇护所、医院和旅店耸立在那时其他坚固的两层住宅楼中。与其它行业一样，乡村的旅店拥有两个老板。他们后来不知怎么的为红酒和啤酒的消费问题而争吵起来。最终名叫安科尔的那位老板留在了旅店里。他的一位后裔是现在这家旅店的老板。名叫帕斯特·菲尔曼，他告诉我萨雷普塔许多有趣的历史。摩拉维亚的信仰消失了，因为他是一名德国路德教信徒。如果摩拉维亚人建立的理想社会按原来的计划发展，一切都将称心如意。妇女一起织布，享誉莫斯科以及其他地区，建立令人羡慕的行业。糕点师和磨坊主制作出好面包，大量的萨雷普塔姜饼销往莫斯科和俄罗斯的其他地区，民众拥有比想象中更多的钱。可是下一代的人们在习俗和观念上有了改变。他们变得更世俗了，摩拉维亚女孩总是爱上俄罗斯男孩，德国男孩总爱上俄罗斯女孩。摩拉维亚教和它自我牺牲的精神淡漠了，结果他们的下一代走上了普通人的道路。萨雷普塔的少年经常被送去德国学习，这里的文明水平较高。

由于沙地上不适宜种植谷物，萨雷普塔的一个居民从法国引进了芥末种子及其种植技术。他们制定了合同，此作物很快被广泛地种植，得到了迅速的发展。萨雷普塔有五个大型芥末厂，厂子里能够加热榨取芥末油。这种值钱的产品一步步地被过滤净化，与橄榄油一样，成为了一种商品。压缩的渣子被送到磨坊，磨成细粉。这些细粉被膨化成有孔的圆筒状。飞得最远的颗粒被用来做最好的芥末。当时芬兰普遍使用的唯一一种芥末就是产自萨雷普塔的。

萨雷普塔的居民把额尔格纳的泉水用木管子连接了起来，他们使用这种整齐的水管给自己的城市供水很久了。庭院和公园里有水龙头,每个水龙头的旁边都有木桶,和“布鲁嫩”水井,此外还有“特古尔”饮水槽,人们在此给牲畜饮水和清洗衣物。城市周围坐落着一些公园。公园里住着一些卡尔梅克家庭,他们做着看守员或服务员的工作。其中一位卡尔梅克园丁给我上了卡尔梅克语的第一课。他曾让我听写过冒险故事,神话和一些歌谣。我们和住在广场教区老房子里的帕斯特·菲尔曼,和拥有芬兰血统的萨雷普塔的医生维仁以及当时很有名气的维仁的兄弟海军上将维仁成为了亲密无间的朋友。和他们在一起的时光非常愉快。

我时常光临远离萨雷普塔的卡尔梅克游牧部落,又像回到家一样的回到萨雷普塔广场上的恩科尔旅店。

卡尔梅克人里最值得提起的是一位名叫巴德玛孟克吉耶夫的老喇嘛。他是小杜尔伯特部的精神领袖,俗称巴扎法师。这个喇嘛曾做过漫长的旅行,他曾去过蒙古和西藏,还在拉萨住过一段时间,从那里将大量的书籍,佛像和其他佛教用具带到了他的部落。他管理着一座大寺,这座寺坐落在格尼洛克赛斯克火车站东南40公里(25英里)处的名叫额洛尹－布鲁克的地方。格尼洛克赛斯克火车站在察里津到高加索的路线上。额洛尹－布鲁克寺坐落在一片草场中央。距离它150到200米处,一些小木头房子围城了一个大圈,房子里面住着一些僧人。我在圣彼得堡已见过巴扎法师的熟人。巴扎法师给了我其中一所小木屋,又派给我一个名叫伯索贡其的中年喇嘛作为佣人。无论从哪方面看,伯索贡其都是个豪爽的大块头。当别人的牲畜跑到巴扎法师的草场上来,伯索贡其可能会趁着夜色在牛的尾巴上系上一个破桶子。牛踢踹着跑开,直到断了一条后腿变得无法动弹。就算伯索贡其最后把桶子拿掉了,牛的主人还是会猜出事情是怎么发生的,于是牛肉被送到了巴扎法师那里,巴扎法师也会为此付钱。

巴扎法师的灵塔

巴扎法师

我的临时住所有着过于单薄和过于通风的缺点,而且一到晚上大大小小的老鼠就会成群结队的出没。它们不仅把我的香肠、奶酪、糖、面包以及其它一些食品吃得精光,还啃食着我的衣物,于是我不得不把我的食品和衣服尽可能高地悬挂在天花板上。即使是挂在这么高的地方,它们还是试着够到这些东西。老鼠整晚都在往毯子里钻的感觉可不太好受。我用尽了一切办法来驱逐它们。

由于我快速地记录了伯索贡其讲述的英雄故事和歌谣,而且巴扎法师在我刚到来的时候就已经卧病在床,我就回到了萨雷普塔。过了一阵子我来到了位于萨拉托夫和阿斯特拉罕政府边界上的名叫切尔夫连纳亚的卡尔梅克村庄。喀山神学院的卡尔梅克语老师李季·那尔玛耶夫在夏天的时候就呆在那里。这个年轻人是一个极其虔诚的佛教徒,喜欢所有西藏和蒙古的东西。他的梦想是有朝一日能亲眼目睹圣城拉萨。令我感到惊异的是他在喀山神学院教卡尔梅克语,在此毕业的学生会变成在卡尔梅克人中传教的俄罗斯东正教会传教士。李季·那尔玛耶夫对卡尔梅克民间故事非常感兴趣,我从他那里也收集了若干个故事。

试图将卡尔梅克人的宗教改为基督教教的做法有很有趣。官方统计的卡尔梅克基督徒总数大概为40000人,但实际人数要比这少许多。俄罗斯牧师每成功地为一个卡尔梅克人改宗,就会为此得到相应的报酬。他们从这笔钱里拿出一部分,给予将要被改宗的人。这些人还会得到一件新衬衫和一个十字架。有一次我恰巧在一座卡尔梅克毡房里时,一个税务员进来询问一个名叫迈克尔的基督徒的行踪。没有人知道他的去处,甚至没有人知道这个人是谁。税务员离开后,卡尔梅克人们开始议论,其中一个说:"也许他找的是我?"另一个说道:"不,当然不是,你是彼得,你忘了吗?有一次在察里津我们一起为自己拿到了钱和衬衫。你被命名为彼得,而我是伊万。”前者依然犹豫不决,然后坦白了自己曾受过另一次洗礼的事实。当卡尔梅克人身无分文地从草原上来到城里,他们会假装不认识彼此,独自一人或三三两两地去找牧师,接受“改宗”然后又一次地消失在草原上。

李季·那尔玛耶夫知道太多这样的事情,他总会为此发自肺腑地大笑。

切尔夫连纳亚村庄的建筑是俄式的。村里的大部分人口从事农业。即使是这样,在盛夏时节,整个村庄几乎荒无人烟。如果不把苍蝇算在内的话,整个房子就是空无人烟。我在切尔夫连纳亚度过了7月,但是当我房子里变得太热太闷时,我只能回到萨雷普塔,李季·那尔玛耶夫在那里会经常见我。

在萨雷普塔时我拜访了几次小杜尔伯特部落的那颜(王爷)屯都托夫,他的庄园位于卓索图。庄园里有一座很漂亮的主楼和一座很漂亮的花园。王爷是一个中年男人,他的王妃,乌里吉图“幸运儿”,是一个热情好客且有魅力的女主人。我发现王爷夫妇在此地的时候一直在接待客人。我拜访他们的时候也有好些其他客人。在众客人中,我还会见了王爷夫妇唯一的儿子,丹赞王子。他当时在上圣彼得堡的侍卫学校。当尼古拉斯二世在比约尔科(科伊维斯托)会见德皇威廉二世时他曾是沙皇的侍卫。年轻的丹赞王子对身为自己母亲远亲的卡尔梅克女孩毫无兴趣,却令他母亲失望地追求着一位俄罗斯女士。当时在圣彼得堡大学学习的一对卡尔梅克夫妇不是很喜欢这位王子,其中一人曾告诉我,当谈及教育和使卡尔梅克人文明化的问题时,这位年轻的绅士表示:“如果我能跳好舞,知道如何击剑和在朝廷上举止得体,那么他们就不应该要求我得到更多的教育”。

卡尔梅克普通民众的生活水平和教育水平真是令人难以置信的低。学生们知道此事的严重性,并且抱怨着王族家庭对此不闻

卡尔梅克最后的王妃乌里吉图

卡尔梅克最后的王也都托夫

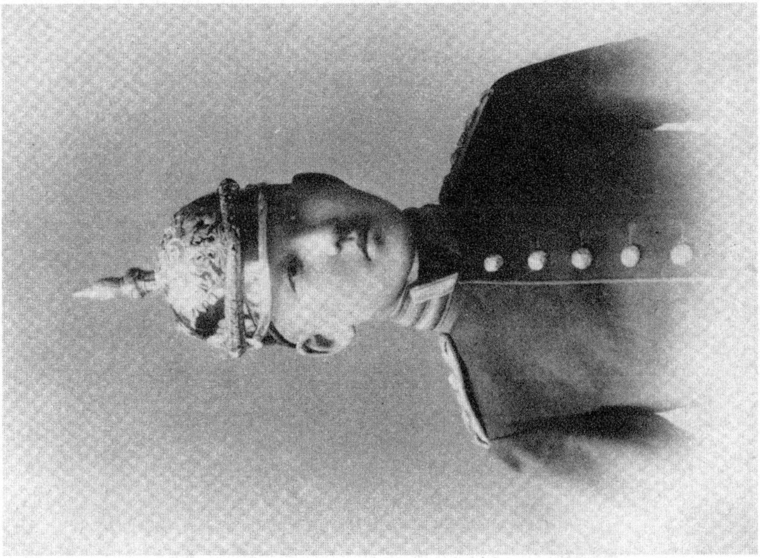

年轻的卡尔梅克王子丹赞也都托夫，穿着他的俄罗斯侍卫学校的制服

一位卡尔梅克王的灵塔

乌力吉图王妃和她的随从

不问的态度。另一方面，不管是有文化或没文化的卡尔梅克人却都称赞着乌里吉图王妃。最为可贵的是，她对于搜集卡尔梅克传说和英雄歌谣很着迷。王妃听说这就是我卡尔梅克之旅的主要任务，所以邀请了我。她给了我一些卡尔梅克歌谣的录音，并且答应会给我更多。

我在拜访王爷夫妇的时候，遇到了一位名叫敦布洛夫斯基的绅士。他是铁路管理部门察里津段的监事长，自然经常乘坐列车来往，车上有专门为他预留的头等包厢。从很多方面来说，他是个有趣的人。有一次在从萨雷普塔到察里津的三等车厢里，我观察到许多乘客根本没有票，他们只是往售票员手里一个劲地塞钱，也得不到任何收据。忽然售票员来到我跟前，叫我去头等车厢找敦布洛夫斯基先生。监事长的其他一些熟人也聚集到了这里，包厢一个接着一个被清空了。人们啜着红酒，不亦乐乎。敦布洛夫斯基先生对于我们每一次的见面感到非常高兴，他告诉我他想知道更多关于卡尔梅克寺庙和喇嘛的事情。

过了一些日子我又一次恰巧和敦布洛夫斯基一起旅行。我当时是要去见一个寺的主事喇嘛。我和敦布洛夫斯基从火车站开车到寺庙附近，之后步行到该寺。我试图跟寺里的一些喇嘛展开谈话，但奇怪的是他们拒绝和我交谈。我和敦布洛夫斯基走到主寺附近坐在了地上。我用他的手杖抹平了脚边的沙子，写了几个梵文字和藏文字。在我们离开那个地点后几个喇嘛走过来开始与我谈话。我们谈论了关于西藏的僧人和佛教的话题，谈了很长时间。之后一个年老的喇嘛叫我们去他的住处。我们在此受到了款待并且过了夜。敦布洛夫斯基让我询问这个喇嘛他是否经常乘坐列车。如果是的话他将获得免费乘坐列车的特权。敦布洛夫斯基从口袋中拿出纸片，为这位喇嘛写上了一年的车票，将其职位写为“卡尔梅克信徒的导师”。喇嘛一开始根本不信这样一张纸能当做车票使用,因为他此前只见过正规的火车票。但后来我在萨雷普塔遇见他的时候他向我表示了谢意,令他感到惊奇的是这张纸真的起到了车票的作用,而且还是二等车厢的。他现在已荣升为追随佛教教义的护路工人的导师。

我和敦布洛夫斯基结束这次短途旅行回到了火车站,他留在了车站,而我要回到萨雷普塔。我没有票,因为卖票的说:"上面传达命令不准卖给你车票。"当列车停在某个车站时我听到了铁路工作人员之间奇怪的对话。"监事长的助手在火车上,马上清空你们的车厢。"片刻后一大群人从火车旁边的货车涌了出来。我因为认识监事长而被认为是他派来的侦探,这令我尤为惊奇。时常发生的是,在我到达某一个车站的时候,站长会亲自带我到头等车厢,更没有人向我索要车票。

在一个风和日丽的日子,我带着我的相机从萨雷普塔去往一个名叫维里科-肯亚哲思卡亚(大王爷)的车站。一个佛教寺院坐落在它的附近。(车站的名字后被改为普罗列塔斯卡亚意为"无产阶级"。)我在屯都托夫王爷的聚会上见过该寺的领袖,他想要给自己的寺拍些照片,我便应邀来到这里。到达那里后,我知道该寺的领袖去了别的地方。由于其他喇嘛不认识我,就拒绝了我也不肯与我谈话。我回到车站,买了一张回萨雷普塔的二等车厢车票。旅途中乌云密布,顷刻间下起了倾盆大雨。在我们接近萨雷普塔的时候我问售票员有没有可能从车站附近弄到一辆马车进城。他断定在这么大的雨中是不肯能找到任何能进城的马车的。天色渐晚,雨依然在下。车站和萨雷普城之间连着大约 3 公里的路。此路由一种特殊的粘土铺成,下大雨的时候会变得泥泞不堪。由于没有雨衣也没有任何东西能罩住我的相机,我焦虑地坐在自己的二等车厢里等待火车到达萨雷普塔车站。售票员建议我继续坐到察里津,我也知道那里的车站主楼里有一家舒适的旅店。我告诉售票员到了萨雷普塔我会补一张车票,他却说:“根本没那个必要。”

当火车到达萨雷普塔的时候我跑进倾盆大雨,看了一眼车站前的空场,到售票柜台买了一张去察里津的二等车厢车票。票价为35戈比。片刻后我怀揣着这张车票又坐回了我原先的位子上。开车后售票员走进我的包厢,坐在了我对面的座位上,说过几句无关紧要的话后便向我索要两个卢布。我假装没有听到,继续谈论着天气、雨后的泥泞等其他的话题。可售票员却开始急切地索要两个卢布。终于,我不耐烦地告诉他:“我不会给你一个戈比的。”这句话把他惹怒了,他叫进来一些其他旅客当做证人,告诉他们我只有一张去萨雷普塔的车票,却想继续坐到察里津。我对此只说了句:“我就是打算这么做”。售票员叫其他乘客看住我以防我溜走,到了察里津他们就会发布通缉令,而我将要被逮捕。我微笑着平静地坐在原地。

到了察里津,他们立马叫来了站长和警察,那位售票员要求他们马上在此地写一个通告。其他的乘客都来到站台上等着看我的热闹。售票员又一次说到我只有到萨雷普塔的一张车票,我紧接着说:“是,确实是。可你却一直向我索要两个卢布。”“他没有到察里津的车票”售票员说道。于是我拿出我的车票,要求他们写一张正式的通告。这一次除了售票员,站长和警察都感到格外地惊奇。他们问我为什么没有把票给售票员。我告诉他们如果他向我要过车票我当然会随时给他,可他所做的却是不停地向我要钱。售票员变得非常尴尬,现在是我在要求一份正式通告了。他问我是如何得到车票的。我告诉他自己买票的经过,售票员羞愧地说:“我在大雨中没有看见你从萨雷普塔车站买到了票。”最后,我同意站长和警察不用写通告了,但是售票员应该得到一次警告。

类似的事情时有发生。

我有时试图向监事长敦布洛夫斯基揭露售票员们不好的行为,可他却对此不以为然。他告诉我售票员一个月的工资基本为40卢布,但他自己的工资比前者的十倍还多。售票员那么一丁点工资根本没办法维持生计,因此他们会尽最大的可能帮助公众以得到小费。据我所知,一个售票员曾给过乘客过期的车票,但监事长却很喜欢他,因为他有三个儿子在上中学。"俄罗斯人需要受过教育的人才"他曾说,"我很高兴这个人正在为此倾注心血,尽管他的工资很少。我愿意他以任何方式得到钱,只要他别对我和大部分人太狠就好。"最后监事长对我说:"我知道芬兰铁路的条件和工资概况,但这里的情况跟那里截然不同。"

我曾到监事长的家中拜访过他几次,他也在萨雷普塔的旅店拜访过我。他有三个很好的女儿。大女儿是一个牙医,小女儿在斯塔夫罗波尔的一所女子学校上学。两个女孩和她们的家长都曾热情地邀请我去她们的学校。

次年(1904年)的夏天,我从斯塔夫罗波尔前往库马河北省的东北部,这里居住着一些诺盖人。我想起敦布洛夫斯基先生和他的家人,就前往那所女子学校去找敦布洛夫斯卡娅小姐,结果却颜面扫地。在前厅,学校的看守让我在一个本上签名,而且要求我详细地写下来此的目的,还要写下自己跟敦布洛夫斯卡娅小姐是否是亲戚等信息。写完这些我想见一下女校长,随后被领到了她那里。"敦布洛夫斯卡娅小姐确实在这里,但你的目的是什么?我要以校长的权利对她和她的品行负责任。你没有他父母给出的证明,却要见一个年轻女孩,还打算在学校围墙内见她。"由于我不能给出令人满意的解释,校长把我请了出去。

回过头来再说说卡尔梅克人和他们的境地。1892年卡尔梅克旧的自治政府已不复存在。我前面提起过的大卫·屯都托夫王爷,是卡尔梅克自治政府最后一个任职的卡尔梅克王爷。在他掌权时期的一些法官或寨桑现在还活着，其中一位名叫阿尔鲁耶夫的，曾向我抱怨他总是在不停地坐牢或隔三差五地被罚款。阿尔鲁耶夫在卡尔梅克人的争端中经常遭到质问，他想要和解的好意在俄罗斯官员的眼中也会变成一次次逮捕的充分的理由。

在自治期间，阿斯特拉罕区的卡尔梅克人拥有十五所学校，俄罗斯人曾在这里与他们肩并肩地坐在一起学习。现在那里只有俄罗斯学校，只有七所卡尔梅克人的学校留了下来，其中两所条件太差以至于冬天根本没法开学。自治期间还有一所专门的女子学校，现在已不复存在。

自治时期的资金被存为部落开支费用。我听说有三百万卢布被拨到了阿斯特拉罕政府总督那里。总督的领事馆设立了一个特殊的职位，由一名俄罗斯人任职，职权为“卡尔梅克人的监护者”。卡尔梅克人的资金曾被用来提供卡尔梅克男孩免费上高级中学，但只有少数的人能够从那里毕业。这些毕业生中必须提到的是诺盖·鄂其洛夫和三吉·巴雅诺夫，他们是两个有才华的受过良好教育的卡尔梅克年轻人，我非常地欣赏他们。后来我在撰写卡尔梅克词典的时候，他们的资料和诠释是最可靠的。第三个毕业生名叫库图佐夫，他生长的环境中都是俄罗斯人，他给出的资料与他的语感都非常的不可靠且错误百出。鄂其洛夫说整个卡尔梅克部落的二十五万人中只有五个人从高级中学毕业。

从察里津到高加索当时的季霍列茨卡亚车站的铁路穿过卡尔梅克人的居住地。铁路的两边都建起了俄罗斯人的村庄和乌克兰人的村庄。铁路东边的卡尔梅克人不被允许把牲畜赶到铁路另一边去，他们(俄罗斯政府)甚至想尽办法地阻止卡尔梅克人相互间的来往。曾经有一批卡尔梅克人加入了顿河哥萨克人，在某些程度上与其他卡尔梅克人疏远了起来。一部分卡尔梅克人由于政府的限制而被同化了。他们被称作大杜尔伯特。这些地区的新居民对

卡尔梅克毡房

卡尔梅克男孩在摔跤

卡尔梅克人肮脏的生活习性和难看的外表非常鄙视。有一次我坐着一个卡尔梅克人的破马车穿过一座村庄去往车站。村里的老老少少都跑出来看热闹,他们喊着:“看呀！卡尔梅克猪！”可怜的卡尔梅克人把帽子往下拉得低低的,竖起衣领,从人群中溜了出去。

有一次我参加了一个卡尔梅克人组织的大型比赛。所有卡尔梅克人的马匹都归属于兵部,卡尔梅克人不能在没有当地军事指挥部的监督下贩卖马匹。卡尔梅克人和当权者都希望繁育更多更好的马,所以俄罗斯有权势的人会经常出现在这样的比赛上。这次比赛期间我碰到了一些俄罗斯官员、卡尔梅克人和其他俄罗斯客人。我清晰地记得比赛中一大群俄罗斯农民坐在赛道旁边。当我与他们交谈时他们问我总督是否也来观看比赛。显然人们正在散播着总督即将到来的言论,于是这些农民就想向他诉诉苦。“看,懒惰的卡尔梅克人的土地草木如此茂盛,我们俄罗斯人却要满足于自己沙化的田地。风暴一起,这里就变成不毛之地了。”于是他们伏尔加河岸边哥萨克小镇西面 10 公里宽的地域就被转让给了俄罗斯人。

由于从额尔格纳高原向东的整个阿斯特拉罕地区源自于伏尔加河三角洲,土地含盐量很高,因此适合种植作物的田地很少。但俄罗斯农民耕种的方式使得伏尔加河岸的土地大面积沙化。风会像吹走灰尘一样地卷走土地薄薄的表层。俄罗斯村庄周边涌现出一座座移动的沙丘。由于卡尔梅克人不耕地,草木自由地生长,不会被人割走,所以很多地方的植被会相对比较茂盛。卡尔梅克和俄罗斯生产方式的截然不同导致了俄罗斯民众对卡尔梅克人的态度。

说到我 1903 年的卡尔梅克故乡之旅,我最想说说阿斯塔拉罕城,我在那里会见了“卡尔梅克人的监护者”,在那里经历了一些有教训意义的历险。在汽船上,我最好的西服被偷走了,当时我正好在甲板上。另外一起事件发生在一个青年犹太人的维修店里，我在那里丢了自己相机盒的钥匙。一个亚美尼亚人用他伞套中的破伞制造出了很大的声响，于是这个亚美尼亚人、犹太人和我被带到了警察局。当时我的陈述词是足以让这个亚美尼亚人被拘留的。无论如何，关于阿斯塔拉罕，你会有很多话可说，但还是让我就此打住吧。

我对卡尔梅克习俗和语言的调查在阿斯塔拉罕并没有得到什么进展。在回到萨雷普塔不久后，我回了芬兰。

接下来，我旅行到了阿富汗边境，我会在另一章中叙述这次旅行的经历。总之，我因为得了疟疾而很快终止了旅行。

次年的初夏，我又回到了萨雷普塔，住在了恩科尔舒适的旅店里，连我的朋友安德雷·路德涅夫也来到了这里。他是圣彼得堡大学里教蒙古语言文学的老师。现在是赫尔辛基大学的俄语讲师。我对萨雷普塔环境的描述吸引他带着他的母亲和姐姐(妹妹)来到萨雷普塔的旅店度夏天来了。我继续搜集和完善着字典的资料。我的朋友安德雷和我经常讨论着语言的问题度过每分每秒的时间。

到夏末的时候，我变成了一个人，但时常和帕斯特·菲尔曼、维仁博士和年轻的绅士——诺布劳赤先生(他是芥末厂厂长的儿子)一同到伏尔加河上的小岛上钓鱼。我甚至给自己做了一条独木舟，后来在离开的时候把它卖掉了。

秋天到来的时候，我游历到斯塔夫罗波尔省去研究这个地区的卡尔梅克人。斯塔夫罗波尔政府坐落在高加索山脉的北面，这里的居民说着多种语言。村民中有俄罗斯人、乌克兰人和日耳曼人。这里甚至还有一些爱沙尼亚人的村庄。所有这些人都是新来的居民。这里先前的居民主要有诺盖人、奥赛梯人和高加索诸多小民族。

作者乘自制独木舟在萨雷普塔的伏尔加河上泛舟

卡尔梅克喇嘛

卡尔梅克女人

干旱的草原上经常会缺水,图中的骆驼正拉着载水桶的车

驯鹰人。右下角可见正在晒干的阿尔噶拉——牛粪

正在迁徙的卡尔梅克人

卡尔梅克女人

在到达斯塔夫罗波尔市后我马上去政府的领事馆递交了我的资料。政府对外高级代办官员异常热情地接待了我。自总督方·迪恩(他出生在芬兰)在职时期,他就已经在这里工作了多年。他说,方·迪恩有一次叫来所有官员,问大家究竟在为谁工作。当所有人都回答在为沙皇工作时总督生气了。“瞎说八道”他说“你们是在为人民服务。你们为人民服务的同时,也是在为沙皇服务。记住我说的话!”

斯塔夫罗波尔政府的这位官员让我知道至少他努力记住了方·迪恩的话。“我们在此尽自己的力量改善着人民的生活水平”他说道。因此他们就在贫瘠的土地上寻找着水源。三个拉脱维亚人曾被雇来打一些自流井。据说他们真的在一个叫做艾西库拉克的村庄附近的诺盖人的地盘找到了水源。

由于这位官员想亲自去看看找到水源的地点,而我的计划里也有研究诺盖人的打算,于是我们一同旅行至那里。我出席了自流井的开启仪式,并用我可靠的相机拍下了这永恒的瞬间。

之后我回到了艾西库拉克,这是一座平凡而忧伤的小镇。在前不久被改造成官员住宿地的亚美尼亚商人的大房间里,我舒服地住了一阵子。商人的妻子很努力地给我做着饭。叶迪山部落的诺盖人是游牧民。由于他们此时依然在自己的夏营地上,因此在艾西库拉克以及周边的地区都没有多少人。不论如何,一些年轻男孩给我提供了一些令人满意的语言方面的资料。于是我了解到诺盖语和其他突厥语方言之间的关系。

诺盖人曾是一个大部落,但在上个世纪他们分裂成不同的区域。现在诺盖人居住在克里米亚半岛和罗马尼亚的多布罗加。

在艾西库拉克我听说圣彼得堡大学的一个学生先前以同样的目的拜访过此地。

艾西库拉克村附近新发现的井

为艾西库拉克村新发现的井举办的庆祝会

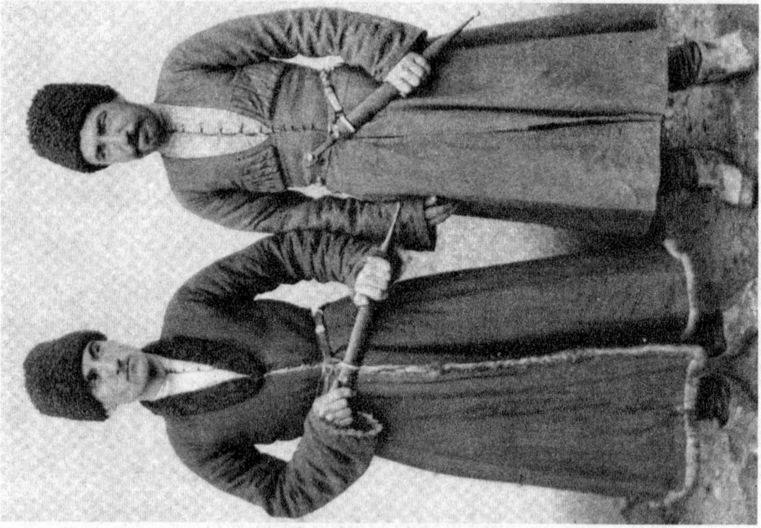

高加索人

一位高加索母亲和她的儿子

高加索少妇

我从对诺盖人的研究过渡到库梅克语言的研究。这两个塔塔尔族群的语言很相近,只是库梅克人从事农业,长久居住在村庄里。总体上来说他们已有了很大的进步。库梅克人的居住地远在南边的高加索军事机地中。

当我到达库梅克人的行政中心铁木尔－汗－舒拉(今布伊纳克斯克)城后,自然首先去了民政事务处。因为这片土地是由不同级别的军官实施着军事管理的,他们都很在意自己的地位。因此如果你想无阻碍无风险的旅行,就得从这些军官手中依次拿到应有的文件。铁木尔－汗－舒拉的指挥官坚持认为想去库梅克是不可能的,因为途中出没着盗贼和抢劫犯。高加索地区近日来普遍开始解除武装。所有的步枪和小型武器都被没收了。但由于只有和平的人们交纳了他们的武器,而坏人却想尽办法的藏起了自己的武器,情况就变得更糟了,村庄经常被强盗洗劫一空。因此,沿着高加索山脉的北坡,一群哥萨克人被任命布置了岗哨。在一些危险的地段,不到一公里就有一座岗楼。

当我第二次拜访当地军官的时候,他认为我应该在一个哥萨克人的护送下旅行,并且应该付给那个哥萨克人相应的报酬。我可以自行决定出发的日期和时间,但至少要在一天前告知他们,而且一定要用密封的信件告诉他,当然还要把钱放进去。

我逛了逛铁木尔－汗－舒拉的市场,观察了那里人们的生活。我向一个亚美尼亚人打听库梅克人的消息。“这里当然有库梅克人,即使到现在还有。”他指着一个在马车上卖货的人说:“就在那儿,他肯定是个库梅克人。”我前去与之谈话,得知他来自阿科塞村庄——库梅克人的主要居住地。他卖完货之后立即决定回去,并同意也带上我。我们谈妥了价钱。

这个陌生的库梅克人把我的全部行李放在自己的车上,带着我离开了。长官叫哥萨克人陪同我的事情便不了了之。我们只偶尔在主道上行进,沿着主道你可以看见高高的岗楼。我的同伴咒骂着哥萨克人,说他们是最坏的强盗。我们主要穿梭于树丛中,行走在穿越小溪和田野的小路上。时常有人打断我们的行程,好奇地询问我的身份以及我的行李中有些什么。我的旅伴告诉我一旦到达目的地,这个问题就会得到解决。傍晚十分,当我们到达阿科塞时所有的大门都紧闭着。我们停在一家大商店的大门旁,几句谈话过后,我们被请进了庭院中。

一个身材健硕的男人(名叫贝克塔米若夫)出现在我面前,他是客栈的房东。他一开始坚持没有供我住宿的房间,但最终在后院的储物棚中找到了一间。这个房间有一扇小小的窗户,面对着黑漆漆的巷子。我可以住在这里。价钱是每 24 个小时一卢布 50 戈比。当我发现用这个价钱甚至可以在圣彼得堡住到更好的房间时,贝克塔米若夫回击到:"好啊,那你去圣彼得堡吧!"我把行李弄进房间,向他打听了警察局或地方军事长官的所在地。贝克塔米若夫找到一个人带我去了那里。

长官坐在他的办公室里,在面前放了一杯茶,他正一头扎进他的文件里。他问我来阿科塞的任务是什么。"为了搜集英雄故事和民谣。""我知道你说的英雄故事是什么意思"长官怒气冲冲地说。但不论怎样,我的圣彼得堡科学院的证书,圣彼得堡国家亚洲语言研究委员会以及其它高级机构在某方面威慑住了他。我成功的说辞,甚至让这个长官——一个中尉认为帮助我是义不容辞的事情。"但是告诉我"他说道:"你们芬兰人为什么不想服从于沙皇？这就是你想在此地传播的芬兰英雄故事么?"黑夜里与这位微醉的长官展开的谈话并不愉快,但幸运的是,我得以在护照上盖了章,之后我便离开了。

当我回到我的夜宿地时贝克塔米若夫正站在大门口,他上来就问我:"长官是不是定了房间的价钱?"我告诉他根本不是为了那种事,还告诉他那位长官是个无耻的家伙,他羞辱和斥责了我,因为我是个芬兰人。“所以说,你是个芬兰人。你原来不是来自圣彼得堡。我是个库梅克人,是一个全心全意地热爱自由和真诚的人。因为你是个芬兰人,所以咱俩自然是朋友了。你可以用50戈比住这个房间,如果你愿意,我明天还可以给你看看更好的房间。”这样,我和贝克塔米若夫就成了朋友。

但我没有搬出我的小房间,虽然他为我提供了一间位于商店二楼的房间。贝克塔米若夫一家人住在主楼上。他有两栋或三栋这样的楼,只有富有的伊斯兰教徒才拥有这样的楼。总有一些身材健硕且和贝克塔米若夫一样长相严肃的人们来拜访他。种种迹象表明,阿科塞的库梅克人有自己的保安队来对付强盗。对于库梅克人来说,我作为一个芬兰人的身份成为了一封很好的推荐信。一个库梅克诗人给了我自己创作的大量的诗歌,其中包括政治诗和讽刺诗。虽然这些东西并不是很吸引我,出于善意,我还是表现得很感兴趣。贝克塔米若夫谈到库梅克人受到的很多不公正的待遇,比如俄罗斯或德国的殖民者无偿地征用了他们的土地。在特殊时期,他曾来到我的房间给我介绍他的一些个朋友,并且把自己的一个近亲派给我当做佣人和语言向导。他们经常在我的房间里请我品尝主人家最好的食品。

一天傍晚,天色眼看就要变黑了。这时贝克塔米若夫又来了,身后带着一位魁梧的全副武装的库梅克人。这个陌生人上来就抱住了我的脖子。之后又转身瞪大眼睛轮流打量起我和贝克塔米若夫。然后他说:“哎,这根本不是那个人!”他在去诺盖人的地盘买牛的路上遇到了那位圣彼得堡大学来的学生(我在前面提到过他和他的研究旅行),他以真正的高加索人的方式与他成为了朋友。这个名叫布拉文的学生从他那里得到了一条工艺银头腰带和一把闪亮的短刀。作为回报,布拉文给了他一块手表,一个钱夹和一本书。当他听贝克塔米若夫说我的到来后,就急着来见他的朋友。此时我们已经坐了下来,继续着我们的谈话。我的房东叫来了茶水和一些食品,我坐在靠窗的位置,两个库梅克人分别坐在我的两边。谈话中新来的库梅克人更详细地介绍了他自己。他的名字叫阿阜·贝克托夫,他是一个在高加索卖牛的人。他带着他的牲畜以及牧牛人在高加索山脉的北坡有规律地游牧着。他的牛将被赶到罗斯托夫城。他有三十多个武装完备的牧牛人。他慷慨地答应他自己和其他人将帮我收集库梅克民族的文学作品。

此时,一件意想不到的事件发生了。

门被打开了,一个全副武装的人带着六个哥萨克人出现在门口,他们用步枪对着坐在桌前的我们。来者是村里的长老和他的随从。他们是依长官的命令来逮捕阿阜·贝克托夫的。当哥萨克人用他们的步枪指着我们的时候,贝克塔米若夫拉着我的衣袖说:“这事与你无关”,然后把我拖到了边上。他冲长老喊道:“这到底是怎么回事?”长老解释道(我记得他有些尴尬),长官得知两个犹太商人被害于一个山隘。而阿阜·贝克托夫和他的牧人曾去过那里。根据消息,他或他的同伴有谋杀的嫌疑。贝克塔米若夫怒了。“就算你是个败坏的库梅克人你也应该知道他不会做那种事情!”但是阿阜吐了一口痰,说道:“我,一个正直的伊斯兰教徒;一个库梅克人;会为了钱去杀两个可怜的犹太人?你们不为自己的行为感到羞耻么?”阿阜·贝克托夫用左轮手枪和我桌子上的短刀转动着他的皮带。他最终平静地站起来,说:“好,那就带我走。你们这些狗。”哥萨克人带着他走了。我的小房间里恢复了平静,我也使自己平静了下来。

第二天早上一大群人聚集在贝克塔米若夫的商店外面,我想买点东西却挤不进商店和柜台前。过了一会贝克塔米若夫来到我的房间告诉我前一天晚上他派了一队人马去详细地调查犯了罪现场。他们发现了线索,最后抓到了两个奥赛梯人,他们当时在严密的保护下正在来往阿科塞的路上。“阿阜·贝克托夫肯定会自由的,这一点毋庸置疑”贝克塔米若夫说。

过了几天我的房东告诉我阿阜·贝克托夫又像小鸟一样自由了。村里的长老和长官感到很震惊,因为阿阜·贝克托夫被捕的事情惊动了全阿科塞的居民。村里的保安抓了两个奥赛梯人,他们认定他们就是凶手。因此,阿阜是被两个奥赛梯人替换了。我提出,这两个被拘留的奥赛梯人是否真的杀了那两个犹太人,贝克塔米若夫回答:“我们至少是这么宣称的,救他们是奥赛梯人自己的事情。现在我们只需格外小心所有的奥赛梯人。我们壮大了保安队,并且在各个地点都布置了可靠的守夜人,直到铁木尔-汗-舒拉。

贝克塔米若夫、一位有权有钱的商人(他可能是阿科塞地区库梅克人中最有名的首脑之一)以及 他给我介绍的许多人都总想与我讨论政治问题。他们和那位长官有着一样奇怪的想法,认为芬兰人对俄罗斯的治国方针有着和他们相同的看法,甚至认为芬兰人在某种方面与他们有着血缘关系。我在不同的地方遇到的突厥语族的人经常有着同样的想法。

我觉得无论如何阿科塞这种紧张的气氛可能不适合我在此安静地进行科学研究,所以提出在当下这种局势混乱的情况下我也许应该离开高加索地区。长官有时会在我的房间里见我,他痛斥着房间有多小,和它在后院中的可怜位置。我的房东对于他的到来一点也不高兴。他最恨的是作为村里长老的库梅克人,他出门只带着一个哥萨克随从。

我是一名博士(而不是医生),为此阿科塞的居民为我贴上了不恰当的标签。病人络绎不绝,但我只是个哲学博士。我必须断然地拒绝医治任何病人。但是我欣然地接受了为人们照相的义务,但是我对报酬一点不感兴趣。许多让我照相的人想要向我索要收据,还有一些人拒绝拍照,因为我没有答应给他们收据。

贝克塔米若夫的其中一个房子中,住着他年轻又漂亮的女儿。女孩是个真正的美人,可惜得了肺结核。贝克塔米若夫让我进到女人区域中的她的房间里。女孩虚弱地躺在一个沙发上的土耳其靠垫中。他的爸爸想在她死前给她拍一张照片,给自己和她的妈妈留作纪念。通过此事,我得以进入到一个富有的伊斯兰教徒家中最神圣的地方。另外我还经常被邀请到房东那里吃午饭或晚饭。

我说出了自己将要离开的打算,连我的房东也认为这是个明智的选择。这样我就不用再被卷进逮捕之类的事情中去了。另外,奥赛梯人的事情还没有得到解决。我的房东总是在不同的场合提起我,在某些方面,他对他的这位客人感到很自豪。他还把我介绍给当地的一个诗人,他曾是圣彼得堡大学的土耳其语讲师。有一次,当他听说我有了一个儿子—额尔德木时,为我写了一首贺词。他还给我写了一首歌,但由于他自己对此不是很满意,便承诺过些时候再给我寄去。贝克塔米若夫也承诺帮我收集所有出版印刷的或手写的库梅克文学。

黄昏的时候,我离开了阿科塞。贝克塔米若夫的一个儿子送了我。一些武装起来的人护送了我们。沿着路途到处都是神秘的暗号,经常有人从树丛中冒出来,传递简短的消息后又消失在黑暗中。我确实不知道我们走的是哪条道路,总之我们在火车向北开动前幸运地到达了铁木尔 - 汗 - 舒拉车站。令人惊喜的是,在我的房东精心的关照和保护下,我的行程被安排得井井有条。我向铁木尔 - 汗 - 舒拉和那里的长官以及各种保安人员道了别。当我在火车上提到我从阿科塞来时,一个来自高加索的人感到很惊奇,因为我居然没有在强盗手中丧命。“事实上,那个地区的所有村庄都住着强盗,他们总是跟彼此或俄罗斯当权处于公开的交战状态”他说。

关于贝克塔米若夫和他的朋友答应为我收集的东西,再也没有了下文。以上简单叙述了我在高加索的调查情况。

5 追寻莫卧儿人的踪迹(1903 年)

1902 年 11 月,我参加了我的哲学副博士学位答辩,此后申请了学校的罗森伯格奖学金。在申请中,我提交了一项意在研究不同的蒙古语方言的伟大旅行计划。我的项目包括走访俄罗斯南部伏尔加河畔的卡尔梅克人、以及有着种种名称的,居住在中国新疆的讲卡尔梅克语的蒙古部落。我自己最感兴趣的任务是,找到 13 世纪征服了波斯、阿富汗以及俾路支的蒙古军队后裔和蒙古语的踪迹。据蒙古史料记载,他们再也没有回到中亚的故土。1866 年一个名叫 H·C·噶伯棱特的德国人发表了一篇小论文,“关于哈扎拉人和爱马克人的语言”,文章中他提到一个名叫李其的英国人回忆的极其有趣的片段,这个英国人曾参与了 1836 年阿富汗和英属印度的边界标记工作。据观察,属于蒙古语部落的工人——哈扎拉人和爱马克人参与了勘察边境的工作。通过研究噶伯棱特的资料,我发现许多他不能解释的词汇有着早期蒙古语的词根。

在拜访圣彼得堡大学时,我讨论了蒙古人的历史,以及蒙古人是否依然居住在阿富汗的问题。圣彼得堡大学的学者认为这是不可能的,因为早在 14 世纪的时候伊朗和阿富汗的蒙古人就已经失去了自己的语言。他们没有看过噶伯棱特的论文,但我很幸运地得以在这个课题上唤起了人们的兴趣。

我用英语写了一封信,在收信人处写上了“印度边境的白沙瓦城的邮局局长”。过了几个月我收到一封来自孟买总督的信,对于白沙瓦的邮局局长的问题,他们告知自己并不知道蒙古人或莫卧儿人的任何踪迹。但如果我真的那么想知道,我可以自费去阿富汗考察。信中说,我需要一百个印度兵的护送,因为只有在武装士兵的护送下才可以从印度前往阿富汗,而阿富汗的局势可一点都不太平。我看出没有必要大动干戈,于是就又回到圣彼得堡告诉我的同事,我有可靠的证据证明阿富汗还留有莫卧儿人。无论如何,我都渴望去那里,即使不能去阿富汗也要到边境上看一看。

圣彼得堡科学院的学者尽了他们的全力,通过官方信件使兵部(突厥斯坦总督区隶属于此)同意我去往库什卡的堡垒,它坐落在阿富汗的边境上。兵部给了塔什干总督一封特殊的文件,督促后者把我的到来通知给他管辖内的一切地方,并要求他们帮助我。

由于得到了这么有力的支持和绝佳的机会,我从阿斯特拉罕的卡尔梅克人那里回来后便立马开始了新的旅行。这是 1903 年的秋天。这次我依然带上了我的妻子和已经 5 周岁的女儿。我们途中经过了莫斯科罗斯托夫和巴库。在巴库我们入住了一家亚美尼亚人的旅店。由于在市里没有什么可做的,我立马为我们买了穿越里海的船票,船的名字叫库罗帕丁。两点开船,但我们早早地就上了船,这比规定的登船时间还要早。在俄罗斯,人们最多可以在船开前一个小时登船。库罗帕丁船上二等舱的位置正好在餐厅后面。

当我和妻子女儿带着行李一同坐在船舱里的时候,听到了餐厅里清晰的谈话声。他们正说着芬兰语和瑞典语。当我通过走廊踏进餐厅里,有人用俄语怒声喊道:“谁让你提前登船的?”当我用瑞典语回答了他,并介绍自己时,餐厅里的人都顿时感到非常惊喜。船长名叫方·雷宾德,总机械师是来自于维堡的霍卡宁,其他人都是诺贝尔石油公司的官员,他们都来自赫尔辛基。库罗帕丁船上的官员都是芬兰人,所以巴库的芬兰侨民经常在这船上遇到自己国家的人。我的妻子和女儿也来到餐厅,我们度过了愉快的一个小时,尽管船长和主机械师后来有事离开了。由于船马上就要开动,我们就和工程师埃克隆和他的同伴说了再见。

穿越里海的旅程非常愉快,我们的船停靠在里海东岸的克拉斯诺沃茨克城。这里有一条铁路经过阿什哈巴德、梅尔夫和其他几个城市通向塔什干。在克拉斯诺沃茨克城要检查护照和文件。

检查护照的警察立即认出了那位在文件上要求他们帮助的学者现在正站在他面前。在火车上,这些警察和列车员时不时地关照着我和我的家人。几站过后,我发现其他乘客正斜眼看着我们。甚至有同行的乘客来到我跟前,鼓励我要振作起来。当他问我要走多远时,我才明白过来,原来警察对我和我家人的关照导致其他人认为我们正在被当权驱逐出境。跟我谈话的那个人认为我们很快就会被"赦免"的。

沿路的风景很单调。一路上都是没有植物的沙地。向南有绵延的山脉,沿着山脉是伊朗的边境。车站附近偶尔有土库曼人星星落落的毡房和牲畜。土库曼人头顶着巨大的兽皮帽子,用一种格外缓慢而庄严的步态行走着。他们所有人都看起来很稳重,且精神抖擞。

在到达阿什哈巴德时,一个警察过来通知我必须在这个城市下车,因为这里的总督要见我。我只能听从命令。在旅店度过一夜后,我去见了总督。他很礼貌,只是对于我旅途的目的感到很好奇,因为塔什干总督下达的文件并没有很清楚地说明我此行的目的。我如实地告诉他,我在寻找蒙古人。总督睁大眼睛听完,然后告诉我,我一定是弄错了。蒙古人生活在中国的北部,在满洲的西边。我告诉他自己曾在蒙古呆过几年,但是在阿富汗应该还遗留着一些曾经统治过那里的蒙古人的后裔。总督根本就不接受这样的观点。他是一个军官,有着监察发生在伊朗和阿富汗的任何事情的任务。这些国家显然有很多不同的部落和民族,但是他向我保证,这些地方绝对没有蒙古人或莫卧儿人。他没能,也没有阻止我继续前行,也不敢相信我的坚持是正确的。

从总督那里回来后我收到了一封来自铁路总管亚历山大·鲁因的邀请。他邀请了我和我的妻子——这一对来自芬兰的夫妇去他的家里享用晚餐。不幸的是我们没有带来任何正式的衣服,于是我们就穿着我们的旅行装出现在一群盛装出席的客人中。事后我的妻子对此感到非常的难过。

我们离开阿什哈巴德路经梅尔夫,继续乘火车向南前往库什卡。这趟火车上的乘客都是得到了特殊许可的,因为这是一个军事线路。警察一再地检查着我们的文件。

库什卡或库什金斯基堡垒是一个俄罗斯人在边境上建立的堡垒,它深深地弯入了阿富汗。火车到站前穿过了一座高高的墙,堡垒的指挥官带着他的随员正在车站等着我们。当我们互相介绍自己的时候,我很惊讶,因为这里的炮兵总管的名字叫克鲁森斯特·杰那,他会说一些瑞典语。我们在指挥官的家里与他和他的随员喝过茶后,就被带到了克鲁森斯特·杰那家里。我们被安排住在那里。

指挥官(很遗憾我已不记得他的名字)和阿什哈巴德的总督一样,对于我此行的目的感到很好奇。没有外人来到库什卡堡垒,但因为有塔什干的总督下达的命令,指挥官答应会尽其所能地帮助我。当我又一次说到自己在寻找蒙古人时,他若有所思地凝视了我片刻。克鲁森斯特·杰那解释道,阿富汗没有蒙古人,但是赫尔辛基却发现了大量的蒙古人,因为据推测,真正的芬兰人可能就是蒙古人。指挥官有三个翻译员,他们都是语言能力出众的年轻人,我要从中为自己选一个翻译。我选了其中一位印古什人,印古什是一个生活在高加索地区的小部落。我选择了他,因为他说自己去过阿斯塔拉罕,而且能够轻易地辨别卡尔梅克人和吉尔吉斯人。他还会说波斯语、土库曼语、乌兹别克语以及阿富汗人说的普什图语。

当我详细地告诉他自己想要寻找的和探索的是什么时,他对此产生了很浓厚的兴趣。他确实不知道阿富汗境内的人口和民族概况,但他很愿意广泛地搜集情报,只要不离开堡垒太远就好。

库什卡的很多山坡上都坐落着大军营。中间有一座村庄,当地的村民在很早很早以前就居住在这里了。他们主要为波斯人,有着波斯村长。

此时,新的军营正在建造中,离那远一些的地方,有一些土坑和砖厂。我的翻译员告诉我,在这个砖厂里,一个亚美尼亚人雇用了 200 多个工人。我想知道这些工人中总共有多少种部落的人。翻译员从指挥官那里为我俩弄到了一张特殊的通行证,带着它,我们进入到工作区。他从那里一次领来了两个工人,来见我这位“圣彼得堡探险者”。经过提问,我得知前两个人的母语是土耳其语。半个小时后,第二对出来见我的工人,我发现他们的母语,或至少最擅长的语言是某种罕见的波斯方言。

我让翻译员从工人中尽可能地寻找长得像卡尔梅克人的人。第三对依旧是两个男人。经过询问,我发现他们懂得并能讲普什图语和波斯语,但他们的普什图语讲得并不是非常流利。坐在桌子上,我开始用土耳其语数数,然后叫他们继续数。他们也能做到这一点。然后,我像对前两对做的一样,开始用蒙古语数道:“一、二、三……”前两对试验对象对此根本没有反应。但是当第三对听到这些蒙语数字时,惊奇地看着彼此。我又说出鼻子、嘴、头发、脚等单词。当我之后又用手开始指这些地方的时候,这两个人的表情都变了。其中一个人对另外一个人说了一句话,我的翻译立马用俄语翻译给我:“他怎么知道的?”翻译员把对方的回答也翻译给我。当我继续向他们提问并指到衣服、扣子、鞋的时候,其中一个又对另一个人说了一句话。这次他用了波斯语,以为这样我们就

阿富汗边境上一座堡垒的废墟

两个库什卡的蒙古人（莫卧儿人）阿伯迪拉和鲁斯特姆

听不懂了。但是我的翻译立马又翻译给我:“这实在是太不可思议了”他们无法回避翻译员,因为他都能把他们的话翻译给我。我继续例举着单词。这时其中一个人对另一个人说:“Mana kele medana”,意为:“他懂我们的语言”。这句话是蒙古语。这三个单词都是古蒙古语单词。当我听到自己来此寻找的蒙语从他们自己的口中说出时,喜悦的心情难以言表。我现在找到了两个莫卧儿人。

我告诉翻译员我想雇用这两个人,付给他们俩在砖厂时一样或更高的薪水。他的意见是,唯一的可能性是让波斯村长把他们带到家中。翻译员答应通知亚美尼亚雇主,这两个人将不再在此工作,他可以收回他们的工钱了。我给了他们每人十卢布。翻译员将他们带到了村长那里。

带着这巨大的意外惊喜,我下午跑到了邮局,发出了如下的电报:*圣彼得堡科学院,莫卧儿人找到了。*

事后我就回到我们的住处平静地躺下来准备睡觉。半夜时,我被叫醒了。炮兵总管克鲁森斯特·杰那——我的房东和堡垒指挥官以及另一位军官三个人在找我。这位军官是一个上校警官,先前他叫醒了前两者来质问我那个神秘的电报是什么意思。我看到克鲁森斯特·杰那和指挥官极其地尴尬,因为他们没能澄清此事,也不懂这个神秘的词“莫卧儿”是什么意思。这位军官认为电报中一定隐藏着堡垒的图纸或同样危险的东西。他严肃的命令我解释事情的缘由。我温和又平静地回答他,我和长官的翻译员找到了两个人,他们正好会说我正寻找的那种语言。于是那位印古什翻译员被叫了过来。他有些惊恐,然后请求了原谅,因为他没有向指挥官详细报告我们在砖厂怎样审问工人的细节。警官还是没有信服,他让翻译员立马找来那两个人。翻译员去了。

过了许久,他终于回到了我这里,三位绅士依旧在此等着他。他看起来情绪很差。他几乎颤抖着告诉我们那两个莫卧儿人逃走了。他见了村长,他曾允许那两个莫卧儿人在黄昏的时候出去做些采购。他以为他们俩会回来,但事实却是,他们用我给的十卢布租了一头驴,骑着它消失在了黑夜中。当翻译员陈述这件事情的时候,他们极其严肃地审问着他。我感觉到事情已经向着危险的方向急转直下。克鲁森斯特·杰那安慰我躺下睡觉,因为我依旧是他的客人。上校警官和指挥官离开了。次日上午 9 点,正当我感觉自己终于平静下来的时候,翻译员再一次来找我,告诉我他把事情告诉了自己的一个中尉好朋友。得知事情很快就会得到解决,我松了一口气。由于没有更多的事情,他就离开了,我与家人度过了这一天。

第三天上午 8 点,翻译员笑盈盈地来到我这里。他和他的中尉好朋友带着 30 个士兵骑马越过阿富汗百边境侦查了好几条道路。在俄罗斯边境外好几英里处,他们找到了正在匆忙向南赶路的两个莫卧儿人。他们当场被捕,抓捕他们的理由也很充分:他们的驴只是租来的,而且他们显然是在偷渡。他们被带回了库什卡,交给村长管理,甚至有士兵看管着他们。当上校警官事后立马出现在我这里,翻译员自告奋勇地去把两个莫卧儿人带了过来。事情解决了,警察再也不能怀疑我和这两个可怜的伙计了。他们被吓坏了。一开始就被解雇,这很离奇,更可怕的是随后又在偷渡时被逮捕。我对他们感到很抱歉。

指挥官在克鲁森斯特·杰那的家中吃了早饭,我们在桌上讨论下一步该怎么办。指挥官对于越境事件和越境逮捕事件感到很恼怒。但这可以得到解决。指挥官的司令部在同一天发布了官方文件。文件声称,被疑为间谍的两个人,现已证明他们是无辜的,所以应立即释放他们。指挥官和上校警官认为我最好去远离边境的梅尔夫,一方面边境上依然有可能出现新的骚乱,另一方面是为了不让两个伙计重新踏上逃跑之路。

我愉快地带着家人来到了梅尔夫城。这是一座繁华的大城市,早在古时候,她就是穆尔加布河下游肥沃土地的中心地了。这是一座著名的古城,在亚历山大大帝时期就是一座文化的摇篮。东方基督教最初的一些会众就诞生在此。叙利亚的基督教徒在今日的突厥斯坦总督区建立了许多教堂。公元 680 年的时候,基督教一共有五个大主教,而主教长则住在梅尔夫。即使是到了我们的时代,坐落在平原中的这座城市,依然承载着古代文明和居住中心的印记。这里的居民继承了文明古国的习俗和礼仪。

在库什卡,两个莫卧儿人被警察护送上了火车的三等车厢。我和我的家人在警察的陪同下进入了二等车厢。这时已经是 1903 年 10 月 28 日。旅途中我几次去见两个莫卧儿人,以使他们开心起来。因为他们显然已经认为自己是囚犯了。我告诉他们我在雇用他们为自己服务,大概需要两三个月。他们每人都可以得到比砖厂干重活的时候多两倍的钱。我还试图告诉他等工作完成之后我会给他们回到边境上的路费,给他们弄到文件,他们可以按照自己的意愿选择或者呆在库什卡,或者回到阿富汗的老家。我和库什卡的当权达成了协议,一旦完成与我的合作,我会给他们一个证明,证明他们在经过应有的审讯后没有间谍的嫌疑。

在梅尔夫我们住在了一家亚美尼亚人开的舒适的大旅店。大门内是阴凉的长廊,长廊边上的门通向各个房间。我们的房间很大,且有些阴暗。如果是在炎炎夏日里,这就会变成它的优点。现在已是深秋时节,是食物丰收的季节。市场上和街道上摊卖着大大小小的瓜果,例如西瓜和葡萄。我的两个莫卧儿人似乎主要忌口西瓜。他们二人住在后院的一间小屋子里,我期望着我的工作能在旅店顺利的进行。

但是在 10 月 29 日,其中一个年长的莫卧儿人鲁斯特姆抱怨他得了病。原来他得了疟疾。此后,我再也没从他口中听到一个单词。年轻的阿伯迪拉很健康,也很豪爽。据我观察,他也更成熟和通情达理。他认为他们很幸运,因为他们不仅有工钱而且还住在旅店里。但鲁斯特姆是个天生的悲观主义者。我记录了莫卧儿人的语言,这是我做过的最艰难的工作。我不会说他们的语言,所以我必须给他们看一些我意指的物品,或用手势表达自己的意图。但因为我知道莫卧儿人最初的蒙古语,至少我知道了他们什么时候明白,什么时候又不明白我的意思。我记录了将近 2000 个独立的句子和莫卧儿人所使用的 700 个单词。给他们讲一些小故事,然后让阿伯迪拉用自己的话为我复述一遍。

这项工作在 11 月 2 日被突然打断了。因为我得了病,还发了高烧。一个名叫斯迈塔宁的医生开了口服奎宁,但根本没有起什么作用。于是第二天医生开了皮下注射奎宁。虽然白天注射着药物,我却依然发着烧,因此只能躺在床上记录着莫卧儿人的语言。在库什卡和梅尔夫,疟疾正在大流行。几乎三分之一的人都感染了此病,尤其在秋季,该病的死亡率很高。斯迈塔宁医生建议我尽快回到寒冷的芬兰,因为疟疾病毒无法在这么低的气温下繁殖。

我别无选择,于是给我的两个莫卧儿人写了一张证明,证明在彻底的审问后我认定他们不是间谍,他们也没有任何政治阴谋。当他们拿到这张证明时,还发着烧的鲁斯塔姆,可能比一生中的任何时候都要高兴。

送走他们后,我们也立马收拾了行李。带着我的妻子和女儿,我踏上了回芬兰的路。

回家的路异常艰辛,尤其对于我的妻子,因为我几乎不能好好站立。我的体重通常为 74 公斤(=163 磅),但由于得了病,一下子降到了 59 公斤(=130 磅)。在车站我的妻子用一只手支撑着我,另一只手拉着售票员或搬运工。当我们渡过里海的时候,一场风暴正在来袭。亚美尼亚人、俄罗斯人、土耳其人和其他许多国家的乘客开始晕船。走廊上能听到人们用不同的语言向各种各样的神和圣人祷告着。我的妻子一般不晕船,因此帮助了很多可怜的人。

当我们安全的到达芬兰后,我见了赫尔辛基的塔维·拉题嫩教授。他很惊奇,因为我竟发着 39.5℃(=104°F)的高烧在市里游荡。他立即为我联系了卡伊沃(布恩斯伯肯)的萨鲁斯医院。和斯迈塔宁医生一样,拉题嫩医生也给我用了奎宁。但这还是不管用,于是他用了无味奎宁。这也无济于事,而且所有普通的退烧药也都不起作用。他给我开了亚甲基蓝粉。亚甲基蓝有一种艳丽的蓝色,与苯胺相似,用来提高极其细小的物体的清晰度。我一天服用它三次。有时我变得没有知觉,有时又精神错乱。我的大脑和全身经历了一次奇异的呼啸和战栗。我有了严重的视觉障碍。一切都变成了蓝色,无论颜色深浅。我的双手看起来几乎是黑的。整个天空变成了深蓝色。我以为这都是视幻的原因,但事实是我的血浆有部分变成了蓝色。事后拉题嫩医生感谢我为科学做出的伟大贡献,因为我成为了在芬兰极其罕见的一例疟疾病病例。他说我的血液内同时有两个疟原虫和拉曼螺旋菌。我的红血球中只有 15% 没有被损坏。血管几乎都空了,只留这么一点红血球在血管中。他们从医院叫来我在拉赫蒂的家中的妻子,以防最坏的事情发生,因为我当时的情况确实很危险。尽管如此,在最后关头我还是恢复了全部的意识,渐渐地康复了起来。

作为生病的纪念,我很长时间都保存在医院时用的手绢和衣服。这些东西上留有蓝色的小点。后来拉题嫩医生吹嘘道,无论他们怎么讨论蓝血人的高贵之处,也没有一个人的血比我在萨鲁斯医院时期的血液更蓝了。我问拉题嫩医生,我的心脏是怎么承受亚甲基蓝治疗的。他承认,一开始他也不知道人的心脏能否承受这种药剂,但试一试是必须的。一年后我的病彻底的好了,我出了院,也没有留下任何后遗症。

6 新疆之旅(1905 年)

1905 年早春,我前往在中国境内的新疆,意在研究那里的卡尔梅克人[①]和他们的语言。我的行李中包括一份重要的文件,它是圣彼得堡科学院为我申请的国家朝廷指派书。后来我听安德雷·路德涅夫说,我这份指派书是发给外人的最后一份证书。除了它我还带了其他的文件和推荐信。另外在我的皮箱里,我放了一把左轮手枪。

在旅行的开端,我不记得发生过什么特别有趣的事情了。同样阴沉雄伟的乌拉尔山脉,同样的火车以及同样的乘客。乌拉尔山地崎岖不平的地貌过后便进入了西西伯利亚草原。不时会出现一片桦树林或其他落叶树林。我到达了鄂木斯克。这座城市在车站以北 3 ~4 公里处。别的西伯利亚城市与自己的车站的距离比这还要远。俄罗斯流行的说法是,这要归咎于铁路工程师,他们总向建车站的城市要钱,然后根据收到贿赂的金额来决定车站的远近。如果他们没有得到足够的贿赂,就会把车站建得远远的。

我离开鄂木斯克继续向东南方向行进。额尔齐斯河上的河运条件尚可,我乘坐的这一辆还不是最差的。沿着额尔齐斯河逆流而上,我来到了塞米巴拉金斯克城,入住了一家旅店。隔壁房间的

① 作者在这里所说的卡尔梅克人为卫拉特人,以下出现的卡尔梅克人和卡尔梅克语均指卫拉特人和卫拉特语。

几个欢快的家伙一整晚都在唱一首粗犷的民歌。几十年后,我的耳畔依然回响着这首歌的旋律。我从塞米巴拉金斯克出发,乘着马车继续赶往中国边境。

西伯利亚的长途邮政运输,在俄国被称作旅馆运输。这种交通运输非常地有秩序,旅行者可以在旅程的开端就为所有驿站的费用付好钱。在旅途中的站点只需从通票中留下一张。最后一站是巴克图,这几乎已经到了中国边境了。一个边境守卫用他自己的几匹马托着我们来到了楚古恰克(今塔城)。在中国边境内几里格处。她的正西面是杜尔伯乐金城,这两个城市的名字都是卡尔梅克语。杜尔伯乐金(意为"方形"),有着高大的城墙,曾是省会城市。但后来楚古恰克(盘子或平底碗,蒙古语里的 cögüce ayaγa)变成了中国西北的行政和商贸中心。两座城市都坐落在壮丽而崎岖的塔尔巴哈台山南坡上。这座"碗"城因为其所处的地理位置而得名,就如喀山(突厥语,喀山:水壶)这个名字的来历。

楚古恰克令我想起蒙古的中心库伦。车水马龙的大广场,车夫和他们的马车以及坐在路边的小商贩。广场周围聚集着各类工匠:铁匠,制铁工人,鞋匠和裁缝等等。建筑是撒尔塔式的,就像那些在突厥斯坦总督区(中亚)一样。偶尔才能看见一些弧线型的房顶。

这里的俄罗斯帝国领事馆拥有最庄严的建筑。市里甚至有一家华俄道胜银行分行,行长名叫特雅克特。领事馆由索科夫先生管理,他是一个极其友善且文雅的人。他告诉我自己曾是一个海军军官。与所有身在远方的已婚俄罗斯官员一样,他没有和他的家人一起住在这里。索科夫的家人定居在圣彼得堡。他说起他的妻子在芬兰的库奥卡拉租了一栋漂亮的别墅的事情。我在楚古恰克的逗留已延长到了十天。总领事已经习惯邀请我享用每一顿饭了。银行行长特雅克特也习惯了我与他呆在一起。当我谈起他名字的特殊之处时,他承认自己是爱沙尼亚人,还是个真正的特雅克特。他承诺会与赫尔辛基联系解决我的经济问题。

从楚古恰克出发,我需要给自己弄到马和交通工具,还有粮食和佣人。在广场上,我遇到了一个骨瘦如柴的人,他每天都在这里游荡。这个人热情地向我提供了服务。除了维吾尔语和卡尔梅克语,他的汉语讲得还算过得去,他甚至还能讲一点俄语。当购买我的第一匹马的时候,我告诉他我想去新疆省的首府,乌鲁木齐市。在他的帮助下我备齐了旅行必备品。我们一起备了一辆带遮阳棚的四轮马车和毡子,一些水桶,水壶,马蹄铁,一块刮马掌泥土的铁片以及有经验的旅行者所需的一切。这个不平常的人名字叫阿日沙,是个卡尔梅克人(卫拉特部的),大约 45 岁。他曾是中国总督的翻译员。由于吸食鸦片且日渐成瘾,他从翻译员的职位上被开除了。他回忆起,总督出于"怜悯",总是时不时地将他送进监狱,但他的汉人好朋友总会在夜里爬上监狱的屋顶从通风口给他扔下鸦片。他很乐意与我同行,却又觉得我可能不需要一个鸦片吸食者。在与总领事索科夫和其他人的谈话中我得知,阿日沙不会是一个差的佣人。最后我雇佣了他,把他从头到脚装备了一番,还帮他弄到了鸦片。有时候我会偷偷地在他的鸦片球里混入可可。我和阿日沙相处得真的很好。也许我应该提到,曾为总督服务的阿日沙,不想让别人觉得自己的新职位比原来低,所以会在别人面前很努力地表现,就好像我是一个高高在上的王爷一样。在外人面前他让自己的行为举止符合着我所谓的高贵地位。

我们从楚古恰克出发继续向东行进了一些日子。有一次我们遇到了一群卡尔梅克人,他们请阿日沙为他们的争执做判决。他把这事交给我裁决,但我又以一个王爷的身份让阿日沙全权负责整个事件。很显然阿日沙真的曾是总督的随从,而且很多卡尔梅克人都知道这一点。

崎岖的道路

一家中国客栈

楚古恰克城墙的一部分

卡尔梅克式(卫拉特式)毡房,远处可见天山雪顶

汉人和撒尔塔人

我们从平地向南直接进入了山地。这对于我们的三匹马和马车的耐力来说都是一个考验。道路盘山而上,沿着峭壁旁峡谷的地方非常危险。我以前从来没有见过像这座雅玛图山一样这么多石的山。我们干脆利落地走完了这座山,没有发生什么的意外,这可真是一个奇迹。走过这座山脉后,风景逐渐变成了连绵起伏的丘陵。接着,又变成了覆盖着灌木丛和树木的平地。再往南,就没有了草木,放眼望去,是一片粘土质地皮。这里多孔的粘土含有盐分。这下阿日沙弄来的许多东西就派上了很好的用场,比如那块刮马掌上泥土的铁块。粘土会粘在马掌上,变得又厚又硬,令马无法动弹。

在这片荒野,你很难遇到人类居住的痕迹。但在树丛和芦苇丛中,有很多野猪和老虎。它们都是吃人的动物。当你在早晨上路的时候,会遇到两三队旅行的人马,通常一队人马又分成若干个小分队。为安全起见,他们彼此连在一起。总之,我和阿日沙在南去的路上没有碰到一队与我们同方向行进的人。

一天下午,我们刚好看到地平线上若隐若现的小赤杨林的时候,遇到了十几个大声叫喊着骑马飞奔而来的人。他们发现我们后让我们立马吊头,因为前方有好几只老虎正在活动。阿日沙是绝对想回头的,但我考虑了一下,依旧决定我们应该继续赶路,因为再往前走五六公里,就会有一座四面高墙的中国建筑。阿日沙的眼泪和祈祷并没能改变我的决定,再说,我的左轮手枪还放在箱子底部呢。我最终把我的武器拿了出来,聚集在马车周围的卡尔梅克人嘲笑了它。不论怎样,阿日沙还是知道一些其他的方法吓走老虎。我坐在马车后面的顶棚下,他自己则坐在车棚入口处。他一手拿着一块铁,用它敲打着另一只手中的铁桶,以此发出巨大的响声。他又从马车的底部抽松了几块板子,这几块板子就与车轴碰撞了起来。我们带着这些响声上路了。我从马车后面的位置驾着马车。我拉开车棚上的两个小窗的草帘,从这里我能看到一定范围内茂密的树林和路边随处可见的灌木丛。有几次,我窥视到一只体型相当大的猫科动物尾随我们在灌木丛中穿梭。马被吓得拼命奔跑起来,但驾驭它们并不难。我们在这样的噪声中行进了好几个公里,黄昏的时候,我们到达一个高高的围墙根下,在暮色中敲响了大门。在恐惧中等待了一段时间后,大门终于开启,两个汉人让我们进入,又迅速地关上了大门。我感到很惊讶,因为里面并没有任何狗叫声,汉人告诉我们开春以来,他们陆续养了十几条狗,但这些狗全部都被门外的老虎咬死了。汉人在院子中央烧了一堆旺火。大汗淋漓的马本能地向火焰靠近。据说老虎怕火。我们围着火堆坐了下来。火堆旁是我们的马车。这时传来一声凄凉的长啸。马颤颤巍巍地彻底瘫软在地上。我向空中开了几枪。阿日沙觉得我这几枪简直是浪费子弹。因为老虎只是在用吼声寻找他的同伙并告知他们自己已停止追踪。我发现我们的马都吓得大小便失禁了。

这座中国式建筑的外墙有4.5米高。但从院子里看,里面的建筑大概比外墙矮2米左右。建筑在院子的四面排城长排。这样一个坚固的外墙打造了一座中国式住所的基本形状,城里的和城外都是如此。这座坐落于荒野的房子的主人告诉我们城墙需要盖得更高一些,因为怪异的是有一次一只老虎居然越过了城墙。庭院里有一些诸如鸡之类的家禽。汉人给阿日沙和我有偿地准备了一顿丰盛的晚餐。在此之前我们一直都在吃阿日沙做的饭。卡尔梅克人通常做饭都不是很在行,而汉人却个个都是美食家。第二天我们等到中午才出发,因为这时候一起行动会比较安全。当我们最终再一次启程的时候我们的队伍已经壮大到十个人了。

我们的身后矗立的是我在上文提起的大山。我们面前的地形逐渐变得平缓,这时在正前方地平线处出现了一条长长的白色的云一样的条纹,原来这是一座山脉,随着我们的前进她缓缓地升了起来。这就是那有名的天山。更准确的说,是她的一部分。在卡尔梅克语中她被称作额仁卡毕日嘎,即花肋骨。尖尖的山顶上覆盖着白雪,顺着山坡长长的白色条纹延伸到山脚。所以从远处看,这座山真的是名符其实的花肋骨了。白色的部分由雪和冰河组成,而光秃的山坡组成了"肋骨"中间的空当部分。这座山因为会让人想起一匹马或一头牛的骸骨而得名。云朵经常挂在山腰上,所以看起来好像肋骨在有的地方断掉了一样。

望着面前的这座山,我们穿过了一片荒无人烟的平地,在我们途中的路边上可见一些奇怪的圆形建筑,它们彼此相隔两三公里或更远。它们的墙有三米高,其门前都有一堵自立的保护墙。我很奇怪这样荒无人烟的地方怎么会有这样的避难处,人们告诉我这些建筑对于一个风暴中的人来说是必不可少的。这片土地的某处(这些卡尔梅克人自己也说不清楚具体地点)是风神向世界吹送风暴的入口。人们会在风暴中迷失或遭遇强烈的袭击,因此中国政府在旅行者的强烈要求下建造了这些路标和避难所。

阿日沙告诉我,我们正经过的这个地区官方的名字叫沙拉克鲁笋(黄色的芦苇)。所有寄往北京皇帝那里的邮件和快递,无论多晚到达目的地,只要经过沙拉科鲁笋,就都会被认为是按时到达,因为没人能躲开那里的肆虐的狂风。幸运的是现在正是夏季,每一天都是风和日丽的,因此我也没有机会体验到风神从这入口吹进来的风暴的威力。

在某一个类似于村庄的歇息处,我拿出一本卡尔梅克语读本开始阅读。一些从东边来的卡尔梅克人也住进了这家旅店。他们在庭院的草坪上看到我手里拿着用他们语言写成的书感到很惊讶。阿日沙告诉他们不能打扰我,还告诉他们我比他们还懂他们的语言,同时自然还指出他为之服务的人是一位地位显赫的高贵的主人。这些看到过我读书的卡尔梅克人自然传播了消息。这导致了两天后,在另一个歇息处,我被三四个自称代表"旧土尔扈特王爷"的伙计找到,他们邀请我去吉尔哈郎图河处的王爷府。阿日沙为此生气地答复他们,像我这样的王爷不应该在路途上被打扰,还问他们是否有介绍信或至少是否带来了王爷的请柬。由于他们没有能证明自己的证据,阿日沙骂了他们,说他们真是抢劫犯,说他们想把善良的人骗到某处实施抢劫。总之,我答应了他们的请求,决定花一天的时间去见他们的王爷,但我首先得去一趟库尔喀喇乌苏城。

库尔喀喇乌苏是卡尔梅克蒙古语。这是一座相当大的城市,坐落在"花肋骨"北坡上两条肋骨之间。我们在这里停留了一周时间,从这里,我又轻装上阵,前往刚才提到的王爷府那里。库尔喀喇乌苏是一条河的名字,这座拥有相同名字的城市就坐落在这条河边。向西一天的路程处流淌着较小的河,名叫吉尔哈朗图河。在这条河谷住着土尔扈特人的王爷。我去吉尔哈朗图的旅程格外的愉快和有趣。因为巴雅尔王,所谓的"旧土尔扈特王"是一个端庄有礼的人物。当我到达他的庭院时他在自己王庭外头的正门上恭迎我的到来。他五十岁左右,外表喜庆、明智。他似乎很了解这个世界正在发生什么。他的儿子,即小王子名叫帕拉塔,汉人写成帕里塔,他在北京的清廷里当差。他路经满洲和西伯利亚,最近才从那里回来,和我从鄂木斯克来的路几乎一样。

帕拉塔对我的照相机很感兴趣。他自己就有很多照相机和洗照片的暗房。他在那些暗房里洗他自己拍的照片,然后给我看。他自己有一台打字机,还和我讨论过如何用打字机打出卡尔梅克字母。

王府中到处是汉人,其中最受尊敬的莫过于一个北京来的高管,他在王子身边多年,是王子的老师。帕拉塔的父亲巴雅尔在他的臣民中很有名望,因为它几十年没征过税。然而,在每年特定的时间他会召集两三千个男人(他们都是最好的骑手)做大型的围猎,有时在山里,有时也在草原上。猎手的列队有好几个公里长,他们围城一个大圈,圆圈周围的猎物都将成为他们的战利品。猎物的肉归猎手所有,而它们的皮毛则大部分都会最终属于贵族。巴雅尔王给向我展示了许多不同的动物皮毛,还送了我两张作为留念。其中一张是西藏雪豹皮－我到现在还留着它,另一张则是一张大黑熊皮。巴雅尔王向一个名叫韦列夏金的俄罗斯人下了逮捕老虎的命令,这个人当时正想为德国汉堡的动物园购买动物。后来当我遇到这个韦列夏金时,他给我看了他为所有这些动物开出的价格表和已经购买的动物名称列表。说到动物,让我在此稍稍岔开话题谈论一下捕老虎的方法。人们首先用大树做一顶巨大的笼子(就像一个捕鼠器一样),笼子有四个腿牢固地扎在地上。笼子一边的门要开着,笼子里要拴好一只羊。当夜里老虎来捉羊,试图把羊拖走的时候笼子的门会立即关闭。猎人将笼子的四个腿从下面锯掉,这样老虎就能被装在这现成的笼子里带到任何地方了。捕捉野驴的方法也很有趣。当大片的野驴群出现的时候,巴雅尔王通常会展开捕猎行动。野驴的速度比马的奔跑速度快很多。因为马还托着骑手,所以想追上野驴是很难的。但是春季母驴生育的时候(或更早一点的时候)便是捕猎的好时节。卡尔梅克人会骑着他们最好的马排成一条细长的队伍,接近野驴群,这时有的母驴就会从队伍中留下来生育。如果猎人能在小野驴出生后的两个小时内追上它,母驴就会最终丢下蹒跚的小野驴。这样野驴就会在很幼小的年龄被捕,然后自然变成王爷的财产。这些动物是他收入的重要一部分。野驴——无论公母对于改善马群的血统都有很高的价值。混血的马能卖出不可思议的高价钱。巴雅尔王长期拥有的一只种野驴,他在卡尔梅克贵族中的许多熟人都拥有它的后代,它们的速度都非常快。

巴雅尔王给我看了许多老卡尔梅克书籍,他对于这个地方不能用卡尔梅克语印刷感到很失望。他知道圣彼得堡和柏林的印刷厂都有卡尔梅克铅字,还询问我从哪里能购得到这些。

他非常想要在他的臣民和其他的卡尔梅克人当中发行两三本书。其中一本是一个讲述了卡尔梅克人命运的历史书,另一本书是一部宏大的宗教作品,他最后将它拿给我,要求我将它印刷至少一千本寄给他。

我在热情的巴雅尔王和帕拉塔家渡过两天。这里有很多富余的房间,还有相应的佣人。在吉尔哈朗图河向南一段距离有一座喇嘛庙。我对于寺庙中的喇嘛数量不是很清楚,但巴雅尔王告诉我他不得不干涉喇嘛庙的事务,因为这里的喇嘛生活荒淫,也不重视神学学习。他觉得这些喇嘛目前的修养还不够。

在庭院外面沿着河边有一座相当大的果园,果园由汉人和维吾尔园丁照料。

年轻的帕拉塔非常想要周游世界,他问我旅行的费用要多少。我坦诚地告诉他我每年得到 3000 卢布或 8000 芬兰马克的罗森堡奖学金。帕拉塔要我劝他父亲在今后三年内也给他一样多的钱。他的父亲觉得这么点钱太少了。一个旅行者要带上嘎儿赤 - 生火者和马儿赤 - 牧人(牲畜照料者)。另外,一个额木赤 - 医生是绝对需要随同的。我尽全力向帕拉塔的父亲解释,嘎儿赤和马儿赤都不需要,就算是一个王子也可以不带随从不带武装护送地旅行。我们的谈话得到了很好的“成果”,我在乌鲁木齐时见到了正要进京的帕拉塔,他带了 200 个卡尔梅克武装随从。这些随从在帕拉塔的命令下马向我这个“伟大的老师”叩了首。

帕拉塔告诉我他父亲答应他每年给他三千两或 4000 卢布,他还告诉我他不想呆在北京,而想去日本的军事学校或日本的大学学习。在完成学业后他打算来芬兰,这样我们也许可以一起去柏林或伦敦旅行。

我在乌鲁木齐与这个年轻人的会见非常具戏剧性。我在芬兰的时候收到帕拉塔从东京写来的几封信,他在那里参加了军官考试。他没有能够来芬兰,因为清朝政府命土尔扈特的帕拉塔王为阿尔泰地区的总管。他在自己的任期在额尔齐斯河的上游建立了一座名叫沙拉苏莫(黄色的庙)的城市。人们在她的附近为他建立了一所宫殿。1912 年我应喀尔喀当局的要求从库伦给在沙拉苏莫的帕拉塔写了一封信,信中鼓励帕拉塔参加蒙古独立运动。但我后来从蒙古方面听说总督帕拉塔没有参加民国抗击蒙古的战争,因为据他声称他没有足够的武器,中国政府也没敢信任他让他从北京运输武器。与此同时我还要提到,帕拉塔从日本回来时一同带来了他的日本夫人。他的父亲巴雅尔有一个西藏老婆,她是西藏财政大臣的女儿。

在共度了一段非常愉快的时光后,带着吉尔哈朗图河以及巴雅尔王和他的家庭的美好回忆,思量着他的管理方法,最重要的是钦佩着他对于文化的兴趣,我回到了库尔喀喇乌苏城。不久之后我又踏上了另一条路,这一次的方向是向东。所有从"花肋骨"向北流的河流和溪水都止于北方的沙地。几乎所有的谷地和河流沿边都有居民,河流之间相隔的距离需要一天的行程。在这里赶路相对舒服一些,这个地方像是一个文明的地区。在沿着河流的大城镇里有许多商队旅馆,它们的房间设置在庭园广场的外围,在每个房间的旁边搭了一个棚,旅客可以从房间墙上的洞观察他们的马和货物。大门的正对面矗立着高官们体面的行政楼。由于商队旅馆之间一天的行程还是有些累人的,村民们一大早就会在路边搭起临时的小吃店。这些小吃店的主要食品为烤包子以及在羊油中煮后用萝卜调味的抓饭。

从库尔喀喇乌苏到乌鲁木齐的路自古就有了,在古时候被称作北路。

一条相似的路——南路沿着天山南面的沙地南边延伸,而北路则沿着山的北边延伸。

从库尔喀喇乌苏乌苏到乌鲁木齐的路上有许多废弃的城市,这些城池曾经拥有众多的人口。其中最大的一座是玛纳斯,她被毁于1860~1864年所谓的新疆回乱中。玛纳斯城里有些房子仍然矗立着,却没有了房顶。我们在这里旅行时有很多人与我们同行,而在享用烤包子时来自两个方向的人则会聚在一起。

白天很热,我们需要很长的午休时间,在凉快的傍晚则尽可能地赶路。这也有它的风险。有一天傍晚我听见前方传来一声长啸,像一个醉鬼的声音。"当我问其他人那是不是一个醉鬼时,骑在我身旁的一个卡尔梅克人回答我:“是的,那就是一个醉鬼”,随后他马上又转过头对其他人小声说“现在他也开始学会小心了”。

卡尔梅克人在旅行中从来不用老虎的名称叫它,而会用其他词汇代替。最常见的是呼出图——“大力士”和额连——“花的”。再前行一点,我们发现一具带着马鞍的马尸体,尸体旁边的东西凌乱不堪,连一根头发都找不见了。我的旅伴们认为是“醉鬼”把他拖进了灌木丛。

在一间旅舍里发生了一件意想不到的怪事。阿日沙将我们做汤的锅放在旅舍房间前面的火上,照常出去饮马去了。当他回来时他告诉我这个旅店还有另外一个欧洲人,现在他正在外面。在这次旅途中我通常穿着一个卡尔梅克夏天的长袖衣,从远处看人们会以为我是个卡尔梅克人。我出去寻找穿着欧洲服装的人,却什么都没有找见。后来一个穿着汉人服装的人出现在大门前,但事实上他只是一个普通的欧洲白人。他马上来到我跟前问我是否说法语。我告诉他我更习惯讲其他语言,他便开始跟我说英语。

过了一会,我们开始用德语交谈。他对我很好奇,想知道关于我的一切。我告诉他我来自芬兰,是一名语言学家,对于卡尔梅克方言和词汇格外的感兴趣,告诉他我是利用赫尔辛基大学的资助得以在这些地方旅行的。当然我诚实地告诉他我的名字,包括我的教名和姓氏。当我反过来问他来自哪个国家时,他却回答我他没有国籍,他已经二十多年没有属于任何一个国家了。我问他的名字,他只告诉我因为我是路德会的,所以不能知道他的名字。他唯一的国家是上帝的国度。我问他应该怎么称呼他,他说人们叫他"神父",他说自己只是上帝和耶稣的一个小小的仆人。他离开他的祖国,摒弃自己姓氏和与过去的所有联系已经二十多年了。一开始我对于他的闪烁其词感到很惊讶,但他很友好,且很热心地询问我旅行的足迹。他很想知道我从哪里能得到足够的食物。我告诉他我的卡尔梅克佣人会给我准备食物,我自己也会偶尔烤一些东西吃。在这里有米饭和面条,有水果和足够的羊肉。

我们一边散步一边穿过大门,经过庭院来到我在旅舍的房间。他问我是否真的没有随身携带任何灌装食品,奶酪或加工的香肠。当得到我否定的答案后他带我穿过庭院来到他的房间。在那里他掏出他的行囊,拿出不同种类的香肠切给我品尝。"那个味道怎么样?""挺好。""尝尝这个,这个更好"这些香肠是硬的,盐腌的,加了胡椒粉的所谓的"永不腐烂的香肠","没有这些,我将哪儿也去不了"神父说。耶稣保佑,我有一个很会做香肠的兄弟。"还有这个香肠,这个更好,是不是?"我尝了尝。"但是,你一定需要好啤酒来配它"他说。

我想我对此是没话说。但是一个人能抛弃他的祖国,断绝与全世界的联系,放弃他的亲人以及他的姓氏,却绝不离开香肠,这真是很奇怪。

神父是一个耶稣会修道士,显然是个比利时人或德国人,却只视自己工作的地区为家乡。他带着极大的满足感给我展示了许多房顶上有十字架,里面又有中国基督徒的中国建筑,这些便是他工作的成果。

就如在中国的其他地方一样,耶稣会传教士极其热忱地投身于自己在天山的传教工作,他们即使在战乱时也不会离开自己的岗位,而且会一直工作到死去的那一天。这位可敬的神父便是这些“耶稣谦卑的仆人”中的一员。

我们离乌鲁木齐越来越近了,旅途中也没有再发生任何危险。我们沿着公路前行(如果它能被称作一条公路的话)。所谓的公路也只是被车轮辗过的平地,沿着它走便是正确的方向了。北面是厚厚的芦苇丛,南面天山的雪顶钻入云霄。当我们从西向东行进时我们是可以继续沿路走向古城(奇台)的, 但公路岔开了,于是我们向东南走去。我们爬上巨大的山坡,终于来到了一个山谷。于是我们赶往乌鲁木齐,她坐落在渐渐靠近的山脉之中。

这座城市坐落在高处,因此夏天很凉快。除了清廷的官员,这里的主要居民由回族人和当地的被卡尔梅克人称作塔兰奇人(农夫)的突厥人组成。这些乡间的真正居民通常被人叫做维吾尔人。居民们最常根据自己的所在城市称呼自己。如乌鲁木齐人,吐鲁番人和哈密人等等,都是依据最大的城市而称呼的。回民是几百年以来生活在这里的中国人的后裔,他们的穿着和生活方式和汉人一样,但他们是穆斯林。卡尔梅克人则生活在草原上(和山谷里),那里甚至有吉尔吉斯人和喀拉吉尔吉斯人。罗斯境内也有许多喀拉吉尔吉斯人,大量的喀拉吉尔吉斯人经常为了逃税而越境带着牲畜和帐篷迁徙到天山山谷里。俄罗斯和清廷经常为此发生争执。

乌鲁木齐城是户主和富有的维吾尔人的首选避暑城市。夏天居住在乌鲁木齐的人可能会去几十里格之外的吐鲁番过冬。吐鲁

乌鲁木齐的一条街

乌鲁木齐北门

乌鲁木齐的房子

乌鲁木齐的水渠

番在夏天非常的热。那里有非常美丽的果园,是一片拥有悠久农耕文明历史的地区。

在乌鲁木齐我住在一个有钱的维吾尔人所属的房子里。一个德国摄影师也住在那里,他的老婆答应为我有偿提供午饭。这栋房子坐落在领事馆附近。领事馆暂时由一个名叫波波洛夫尼科夫的年轻人领导。领事馆拥有很漂亮的建筑,其中包括一座教堂和士兵的哨岗。依据中国的旧例,每一位外国的领事官员都有权利拥有一个人数足够多的保卫队。我与保卫队的指挥官——一位年轻的中尉和领事馆的科科罕诺夫斯基医生以及代理领事官波波洛夫尼科夫交谈得很愉快。我们还说好一起到山间做一些短途旅行。除此之外我一直在全身心地记录阿尔沙的材料,同时致力于词典的完成。记录阿尔沙所讲述的卡尔梅克传统习俗和英雄故事是一件相当费时的工作。我的房东,如我所说是一名摄影师,他是一个全才。通过溶解银子来准备自己需要的相片底片。我在乌鲁木齐时还在广场上遇到了帕拉塔王(我上面已提到过此事),我还见了一些清朝官员,还受到了即将上任的新领事多罗贝杰夫的接待。

城里所有受过教育的俄罗斯人都被鼓励花费半日的路程去见新领事。路边搭起了一些帐篷,里面放置了从领事馆带来的点心和蜜饯。天气又热又闷,赶起路来非常的难熬。过了许久,领事乘着他的三驾马车腾云驾雾地出现了。他的旁边是尼古拉神父,他对于这次路途遥远的野外旅行很不满意,还抱怨这里根本就没有一条真正意义上的公路。一条真正的公路应该是凸形的,两边还应该有沟。有人问他,哪里有这样的路,他回答芬兰的路都是那样的,他说他自己就来自芬兰。尼古拉神父出生在赫尔辛基,并且在那里上的学。他是一名俄罗斯官员的儿子。当多罗贝杰夫领事告诉他我也来自芬兰时,尼古拉神父很兴奋,从他的旅行包拿出一个大大的芬兰火柴盒,还拿给我著名的法泽公司的糖果。当多罗贝杰夫还在库伦领事馆做秘书时我就知道他了。他并没有参与调查涉嫌我的那场戏剧性的自杀案。在二十年之后我又一次见到了多罗贝杰夫先生。这一次他正在北京当一个私人的俄语家庭教师,过着穷困潦倒的生活。得到这份工作还是因为他曾经当过领事。在沙俄时期这是一个官职,可在布尔什维克眼里,这可是个“非常危险的人物”。

乌鲁木齐的东北有一座黑色的大山,名叫博格达山——“神圣的山”。她的山顶直入云霄。山顶上覆盖着白雪,山顶下的树林郁郁葱葱,景色非常壮观。从山的一旁烟雾升起,让人觉得那是一座火山。阿尔沙和我想从近处看看这座“火山”,往山坡上骑了很长时间,终于到达了冒烟的地点。结果博格达山根本就不是什么火山,这烟来自山体裂缝中厚厚的煤层,这些煤应该是由于人们的疏忽而着火了。山上四处都有路,这些煤炭就是沿着这些路被运输出去的。

在这次旅途中我们遇到了一些卡尔梅克人和蒙古人,他们邀请我们到他们山上的帐篷和牧群里。这些卡尔梅克人和蒙古人告诉我们在山里住着好几百个家庭,他们为了逃税住到了山谷里,在那里过得非常不错。他们不用听从任何政府和王爷。阿尔沙又一次用老办法声称我是一个王爷。这些蒙古人对此非常感兴趣,还觉得也许政府会同意让我来做他们的王爷。但令阿尔沙和这些避难者遗憾的是,我没有同意这个提议。

我在乌鲁木齐度过了夏天和秋天。但到10月末的时候天气开始变得又阴又冷。再过了一个星期,乌鲁木齐周边已经开始结冰了,因此我决定回到楚古恰克。我曾提到的买卖动物的韦列夏金也在乌鲁木齐。他早在一周前就按一样的路线出发了。在他出来的时候路还有些泥泞,但当我出来的时候已经冻得相当硬实了。

他的好马陷在泥泞中相当疲惫，于是我在几天后赶上了他，并超过了他前往库尔喀喇乌苏市。

当我在库尔喀喇乌苏市休憩时，巴雅尔王带着另外一个卡尔梅克王爷来见了我。一个戏剧团来到库尔喀喇乌苏市，于是巴雅尔王以我的名义举办了一场演出。中国戏剧团的聘请有一定的天数和特定的条件。演员会在市场或大街上露天搭起他们的戏台。戏台前面放置着顾主提供的桌椅。在这些桌椅的后面搭起一个矮一点的围栏，所有镇上的民众和村民都有权利在围栏后观赏演出。我坐在两个王爷中间，演员将美食送到我们的面前。演出即将开始时，团长拿出戏剧团的节目单，然后由荣誉嘉宾或出钱请来演出团的人选择节目。巴雅尔王首先选了一个节目，他选了一个很好的节目。之后他又让我从汉文节目单中选择一个节目，而我却指了一个最下流的节目，这个节目中只有三个演员，包括两个男人和一个女人。另一个卡尔梅克王公救了我，他的名字叫尼特，是一个贝子，他比我懂汉语，所以知道自己所选节目的大致内容，因此我的羞恼减轻了一点。几百个人聚集在我们身后观看了这场免费的演出。

我们从库尔喀喇乌苏市向北沿着先前的山出发了，据我观察，路有些难走。离开乌鲁木齐几周后我又一次临近了楚古恰克。一个晚上我在野外搭好帐篷，想着在此过夜后第二天下午就能到达楚古恰克了。正在这时四个哥萨克人策马奔来，告诉我索科夫领事叫我尽快到达领事馆。士兵们迅速帮我装备好马车，于是我们就在暴风雪的夜里前行。我的马受尽了苦头，我也有点不高兴。我不明白他们为什么要我这么匆忙地赶到那里。

我左思右想。可以肯定的是，我曾很坦诚地告诉索科夫，芬兰人对于“服从沙皇”这个概念的想法。我曾告诉他沙皇的命令合乎情理又合法——即按照他自己的誓言，尊重了芬兰人民民族自决权的情况下,芬兰人民会考虑沙皇的命令。索科夫领事难道把我毫无遮拦的言辞发电报告诉了他在圣彼得堡的上级?我们在黑夜里前行,天寒地冻,大雪纷飞。我又冷又饿,心乱如麻。

大约在凌晨三点我们赶到了领事馆门前,我们直接进入了领事馆的庭院中。索科夫领事微笑着将我迎进了他的住所,那里准备了一桌丰盛的菜肴,和一个俄式茶壶。领事叫我安下心来听他讲一些新闻。他给我看了一摞报纸,并说自己已经有十天没从俄罗斯获得任何信件了。这时已经是 1905 年 12 月 3 日。领事说俄罗斯在俄日战争中战败了,俄罗斯帝国正处于一片混乱中。俄罗斯境内发生了罢工。至于是谁发起了罢工,不得而知。根据最新的官报,铁路也停止了运行。从满洲回来的士兵们都开始装腔作势,开始到处发号命令。俄罗斯发生了革命,于是亲政府派和革命派开始相互厮杀。

索科夫领事为我取了 700 卢布,在喝茶之余交给了我。

在他看来我最好作为他的客人呆在他的领地, 直到政治情况缓和下来。他有自己的保安队,而且我们两个都持中立态度。他不敢说我是不是一个革命派。无论如何,去芬兰的路被封锁了。而且,芬兰向俄帝国宣战了。对于最后这一句话我本有很多话想说,但领事只是把手上的报纸交给我,叫我带到自己的房间去。

天色已接近黎明,我回到他们为我准备的房间。我难以入睡,便开始阅读那些报纸。一份鄂木斯克的报纸报道来自圣彼得堡的电报声称芬兰总督欧博兰斯基乘坐斯拉瓦战舰从赫尔辛基潜入了圣彼得堡,还声称芬兰的所有海军力量和引水服务都已受佘曼上将指挥。其他报纸上,至少在西伯利亚地区的报纸上都有一些关于芬兰的奇怪的信息。从这些信息中我感到圣彼得堡的人对于芬兰和芬兰所发生的事情一无所知。报纸上的大部分新闻都是高度警惕状态的,它给不了解情况的人一种芬兰已经与俄帝国处于开战状态的感觉。

我思来想去若干天，渐渐地觉悟道，即使是有罢工运动，也不可能把所有的路都被封锁了。我把马和帐篷随同不需要的一些装备卖掉了。我把马车换成了一个巨大的俄罗斯旅行雪橇。在精心的计算和安排后，我把我的宝贝行囊安置在了雪橇上。我弄到了一个巨大的羊皮大衣——那种黑皮面，厚毛里子的所谓的巴尔瑙尔款式的大衣。同时我又很幸运地遇到了一顶可以抵御严寒的黑色西伯利亚冬帽。在领事馆期间，我渐渐地意识到自己真的应该回芬兰。虽然我不得不靠公共马车回家，但是我有足够的钱。除此之外，我们知道西伯利亚铁路还依然运行着。也许我能足够幸运地赶上一趟火车。当我把计划告诉领事的时候，他觉得这也不是完全不可能的。他想办法我把我送到边境，并帮我安排了到鄂木斯克的驿马车。

在我临行时索科夫领事给了我一个大大的信封，里面装了两封信。一封是半年的轮休申请信（领事很想家），另一封是给外交部的一封普通的每月经济报表，由领事馆漂亮的红色水漆封印装饰。我答应在第一个营业的邮局留下这些文件，并留下收据。

阿尔沙，我的忠诚的卡尔梅克伙计，得到了慷慨的报酬，并得到了我不再需要的一些物品。他眼泪汪汪地把我送到了边境上，在向我道别后，便跪在地上祈求他的神灵保佑我。

我舒服的躺在自己的雪橇里，雪橇的后面非常宽敞。雪橇保暖很好，因此我就不用担心外面的风雪了。在雪橇上我蜷缩在自己的大衣里打起了呼噜。马车夫的鞭子在空中甩得劈啪作响，三匹马加快了速度。我们从一个驿站赶到另一个驿站。当我饿了或冷了的时候我就会在驿站休息一会。

自第一个驿站起我就感觉到有些东西明显的不对劲。在镇里的街道和房子里我看到了许多醉鬼。许多卖酒的商店都被洗劫一空。所有人－不论是清醒的还是喝醉了的,都在谈论着"自由""斯沃波达"。有可能俄罗斯人终于得到了他们渴望已久的自由。

在某个驿站我询问"斯沃波达"的意思。他们告诉我这当然意味着人们可以自由地开垦自己想要开垦的土地。吉尔吉斯人有很多适合耕种的土地。俄罗斯人不被允许触碰这些土地,因为这应该是属于吉尔吉斯人的土地,就好像沙皇是吉尔吉斯人的沙皇而不是俄罗斯人的一样。现在沙皇给了所有人开垦土地的自由,这便是自由的意义,他们解释道。于是我爬上雪橇继续旅行,直到下一个饭点。

到了下一个驿站发现又是这一套。醉鬼和关于"自由"的言论。我又询问沙皇发出的关于"自由"的宣言究竟具体什么内容,有没有人见过它。结果根本就没有人见过,但他们得到了自由,这一点是可以肯定的。我又对此进行了进一步探究。他们告诉我自由当然意味着彻底摆脱了税收。从此以后人们再也不用交税了,人们就可以活得和天空中的鸟一样自由了,这个驿站的人如此说。此类天真的言论在我经过的每一个小镇都可听见。在一个附近有森林生长的地方,人们谈论着从此以后可以随便砍树了,皇家森林巡逻队也将不能再管制他们。如果可以随便砍伐买卖树木,这里的人就会变富有了。

在我当天夜里到达的另一个镇上人们正在庆祝着新获得的自由,只有旅店的店主很警觉。他把我叫到自己的住处,我们在那里喝茶聊天,只有我们两个人。在此我可能应该提到当时我带着帝国信使护照和一个带给外交部的巨大信封。带着这些东西,我通常会被旅店老板们认为是领事或至少是为外交部工作的人员。这个店主,一开始就急着向我倾诉自己的麻烦事。他问我对于获得自由的想法。"这是件可怕的事情"他说。沙皇当然有权利给正义的人们自由,却不应该给那些罪犯自由,他不应该释放所有囚犯。

他自己有三十多匹马，其中五六只被人偷走了。这些小偷好不容易被抓住了，还是店主自己带头抓获的他们。这些入狱的小偷现在获得了自由，随时都有可能回来取了他的命。为了安慰这位痛苦的店主我在他的房间里陪他渡过一夜。

从塞米巴拉金斯克开始我开始在额尔齐斯河的冰上前行。地面很光滑，甚至也没有下多少雪，所以我的旅行速度还是很快的。冰层两边的河岸高高地升起，一会在我们左边，一会又移到我们右边。一天下午有几匹狼沿着河岸跟了我们很长时间。在漆黑的夜里我们只能看见脚下光洁的冰面和头顶上闪亮的星星。

我付了去鄂木斯克的钱，但是在那之前的一站旅途停止了，没有一个人肯当我的车夫。能证明我是沙皇信使的文件也在此时无能为力了。有报道称由于暴乱和抢劫猖獗，最好不要去三公里附近的车站。在驿站停留了几个小时后，我终于说服一个小青年用50卢布的价钱把我和我的行李送到火车站。

我一到达那里就发现有些不寻常。很多醉醺醺的士兵正在车站和附近流动。有几趟火车经过，全部都向西驶去。无论如何我带着自己的行李穿过拥挤的人群来到了车站的二等餐厅。

餐厅里坐着许多年轻军官，他们不是坐在桌前就是一伙一伙地沿着墙壁而坐，面前放着装好子弹的左轮手枪。我把自己的行李放置在这些年轻军官身后的墙角，结识了他们，还请这一伙人吃了一顿饭。当天下午我就和这些军官坐在一起，晚上沿着墙壁睡在我的行李旁。

我来时乘坐的雪橇是我自己的，上面还有一张好皮和一张羊皮盖子。这些东西都在车站的院子里，我思索着应该怎么处理这些东西。我本想着要卖了它们，但在第二天早上醒来时发现它们全部都不翼而飞了。

第二天我在车站大厅走来走去，想着自己的处境感到气愤不已,同时看着墙上张贴着铁路管理处和军事当局发出的一些公告和指令。因为实在是没别的可做了。站台上有吵架声和咒骂声传来,这显然又是一群醉鬼。大多数坐在二等餐厅的人都是军官,他们为了躲开自己吵闹的士兵而来到这里。我逐渐地跟这一桌人熟悉起来。由于我穿了一件俄罗斯农民的大衣,还留了长胡子,样子十分落魄,因此没有在这群士兵中引起太大的注意。

比普通的列车长一些的列车来到车站时,军官就把餐厅的门关上,但有时成群结队的士兵还是试图闯进大厅。有一次一个大嘴的中士带了一大群士兵闯进大厅开始了演讲:"长官们!可能你们注意到沙皇最新的通告了吧?从现在开始所有的军官都降级为普通士兵,而士兵将荣升为军官。是你们军官们输了战争!你们既没有勇气也没有能力。你们贪污了皇家的财产,现在却像一群兔崽子一样坐在这里!"一个年轻军官想用友善的语言劝他们回去,"别说没用的,伙计。如果这么多士兵都升官了,他们从哪儿弄来钱给这么多军官发工资呀?我们自己也很长时间没领到工资了。"我从这位军官后面推给他二十几个卢布,小声叫他给那人。终于这些人没再惹更多的麻烦,退了出去。我察觉到有些年纪大一些的军官激动地把手放在了他们的枪上。

在站台上来回溜达时,我发现这里有来自四面八方的旅客,他们都想继续赶路,却没法说服罢工委员会(我在火车离去后经常见到他们)允许售票或允许人们继续旅行。只有战场上回来的士兵才能上火车。沙俄帝国确实开始了全国性的大罢工。

在这些旅客中有一个商人,在一段休息时间(车站上没有列车,站台上也没有多少人)我们交谈了起来。他说自己大约一个星期前派了一整车最好的黄油筒到莫斯科。他现在非常担心这批昂贵的货物。因为只要一有机会,几乎所有锁了的车也会被人撬开,似乎没有人重视长官和其他人所设的规定。因为我也要去莫斯科,于是我们两个决定共同想办法继续旅程。我最终想出了一个办法:我们可以用贿赂和提供食品的方法尾随士兵进入车厢。商人很赞同这个办法,于是他决定试一试。他与几个刚从火车上下来的士兵交谈了片刻,结果他们让他用20卢布就可以进入这些士兵刚走出的车厢,这令他很惊喜。拿到钱后,一些士兵把他留在了车里,其他人就出去买伏特加去了。当这些人买完酒回来时其他车厢的士兵来向这位商人要钱,他们要他给每一个车厢付20卢布的费用才可以呆在火车上。当他遇到这样的事情时痛苦极了。他好不容易才摆脱了士兵的纠缠。我从一个安全的距离观察着事态的发展,后来就撤回到我先前认识的那些军官那里。

在鄂木斯克车站溜达真是又危险又令人精神紧张。我在车站外正好抓住了一个刚从鄂木斯克城里来的乘雪橇的人,于是雇他把我和我的行李带到城里的一家旅店。这家大旅店有两层。第一层紧挨着门口有一间空房间,我让服务员把我的行李放在面向大街的一面墙的墙角,然后决定出去看看这个城市,当然最重要的是要把自己的形象好好整顿一下。我的羊皮大衣破了,帽子也不是很好看,胡子也又长又乱。我开始在鄂木斯克大商店聚集的主街道上寻找卖成衣的店铺。在经过人行道时从西面来了一群头戴红标语的人,他们正在唱国际歌。我和其他路人一样被卷进了队伍中,有人挽住我的胳膊把我带进了游行。我们身后还有更多的人在聚集。这时前方传来一声枪响。是一些士兵和哥萨克人开的枪,幸亏只是鸣枪示警。我和我身后的人听到这声音后立马钻到了旁边一所房子的院子里。这时有人(可能是房东或看门人)把门砰地一声关上了。我们站在院子中,紧紧贴在石头房子的角落里。

街上可以听到人们的奔跑声哭喊声。我向这个看门人打听哪里有犹太人的商店和理发店。他告诉我院子南面的建筑里就有一个犹太人的商店,商店的门在另一条街上。商店现在肯定关闭了,但那犹太人肯定住在这建筑里,所以如果我能越过围墙也许就能找到他。我们一同在高高的石墙上架起了梯子,于是我终于成功地进入了旁边的院子里。没费多大力气,我就找到了犹太人的住所和他本人。我把我的衣服和帽子用 30 卢布卖给了他,然后又从这个商店用 130 卢布的价钱买了一件样子尚可的西服和帽子。衣服的面是黑色布料,里子是黑色兔皮的,领子是灰袋鼠皮的。尖顶帽则是俄国羔皮做的。我在犹太人的商店里还修理了一下我的头发和胡子。

当我再一次走到街上时,可能没有人能认出这个全身上下焕然一新的绅士就是刚才那位俄罗斯农民。

我返回旅馆,远远地就看到墙上的子弹痕迹,两层楼的窗户都碎掉了。旅馆的服务员认出了我,让我进来,又告诉他们需要我马上离开旅店,因为这里要接待一些高级军官。据说这些军官已经在车站了。我把自己的行李搬上去火车站接他们的雪橇。于是我又来到了火车站,我的行李又躺在先前的角落里了。

我又开始想办法。当我再一次阅览墙上的公告栏时,一个名字进入了我的眼帘。这个名字好像是霍格斯特洛姆或是哈格斯特洛姆。当我正在研究这个名字时有一个人恰好经过走廊。我向他打了个招呼,问他这个霍格斯特洛姆是什么人。这个人说自己是一个铁路官员,而霍格斯特洛姆正是他的主管,是西伯利业铁路管理局第五分局的交通局长。我记得那公告与火车枕木买卖有关。与我交谈的这位铁路官员甚至知道他不是一个真正的俄罗斯人。

霍格斯特洛姆住在离车站有段距离的铁路管理局的大石头房子的三层,"但是现在没有人知道霍格斯特洛姆在哪,所以找他也没用"他说。"原先我们铁路员工对于铁路的事物有决定权的,但自战争爆发后军事当局开始插手,把事情搞得是一团糟。现在又轮到罢工委员会、社会主义者和全世界的混蛋们篡夺军事当局的权利了。现在我虽然穿着便装,但我其实是旅客列车主要的售票员之一。”我在他手心放了几个卢布,因此他带我来到了霍格斯特洛姆的住处。

他陪我来到这座楼的入口,然后告诉我上三楼看门牌就应该能找到。我停在一扇看似前不久刚拿掉门牌的门前,按响了门铃,等待了片刻。我又按了一下门铃,开门的是一个年纪稍长的女人,显然是一个女佣。她告诉我霍格斯特洛姆先生出差了。我写了一张名片给她,让她帮我向霍格斯特洛姆先生转达这个芬兰旅行者的问候。

我缓缓地下了楼梯,站在二楼的窗户口望着火车站,我自己都想告诉自己真是异想天开。这时三楼的门开了,一个女人的悄悄话传来“先生,回来。”

我立马上楼进入那个房间关上了门。大厅里走来一个挺矮的人,他说自己便是霍格斯特洛姆。这时大概是上午 11 点,我被请到了早餐桌上,开始叙述我的情况。霍格斯特洛姆先生的妻子也出现了。因为没有什么可忙的,我就在他家呆了一天,罢工委员会还以为霍格斯特洛姆这时在别的地方呢。我在那里得到了休息,甚至被邀请吃晚餐。天色渐晚,霍格斯特洛姆想把自己拥有的全部现金—4000 卢布交给我。他在前一天想办法从银行取出了这些钱。他想让我把这些钱全部带回芬兰存在他的名字下。原来在前天晚上革命者闯进了银行,抢了钱毁了账目。霍格斯特洛姆很担心他的钱,也担心他的命。但对于我,我是不可能在自己都无法回到芬兰的情况下接受他的钱的。

试图与士兵一起旅行的办法泡汤了,我也没能找到其他的办法。

在晚饭期间我从霍格斯特洛姆的妻子口中听闻铁路指挥部总管在鄂木斯克的货物转运站有一个自己的车。于是在晚上喝茶时一个计划便诞生了。如果这节空车厢能被拉到车里雅宾斯克我也许就能同去了。

由于天色已黑,霍格斯特洛姆就叫了一个下属,把这事交代给了他。大概在早上的时候一辆军用火车将从东面到来。这辆火车是为了从鄂木斯克接一个可靠的人来当火车头工程师的。罢工委员会和军事当权都接到通知,铁路指挥部总管的车厢要作为火车最后一节车厢而来。这位铁路工作人员也得到了命令,他会秘密地将我的行李从二等餐厅搬到那个车厢里。我给了他一张名片,让那些军官把我的行李给这位拿着名片的人,告诉他们我找到了栖身之地。因此不能亲自去取我的行李了。

霍格斯特洛姆和他的妻子不是芬兰人,他们来自基辅。芬兰上将霍格斯特洛姆收养了一个孩子,并最终把他教育成了一个工程师。现在他是西伯利亚铁路最西段最高军官。他不会说瑞典语和芬兰语,但他非常想来芬兰。我们对此达成了共识,他不想再呆在俄罗斯了。他给我看了他养父的纪念品,他的妻子在钢琴上给我们演奏了波里人进行曲和其他芬兰的曲调。

半夜的时候霍格斯特洛姆先生带着我沿着无数量车厢踏着蜿蜒的小路来到交通部长的车厢旁边。周围漆黑一片。车厢里有一个独立的厨房,一个睡觉的隔间,一个工作间和一个大接待室。在这间大接待室的一角放着我的所有行李,包括我的衣箱和行李箱,我可以拿出自己想要的东西。在一个大桌子上放了两个左轮手枪,在桌角则立了一杆威力强大的来福枪。这里的墙上挂着各种各样的曲线图,显示着这条路线的不同部分。睡觉隔间的窗帘被严实地拉上了。霍格斯特洛姆先生说他依然需要给我一个同意我旅行的证明。很快他就在自己跟前打出了一张巨大的表格,在上面写了我的名字:“兰斯铁,铁路技师。”为了以防一些站长或军事高官可能会闯进车厢,他给我开了这个证明书。

有了这个证明书,我从此就是一名西伯利亚铁路指挥部第五部门的工程师了,现在我正在从车里雅宾斯克出差回去的路上。我的任务可能是搞清是否有鄂木斯克的火车头留在了车里雅宾斯克或是否会有火车头从那里来。因为冲突和罢工者的原因,几乎没有从相反的方向发出的火车。据霍格斯特洛姆先生所说,几天之内鄂木斯克火车站将会没有火车头了。

当火车到达鄂木斯克火车站时,火车头技师来看了看这节接在军事火车后的“空”车厢。火车出发了,在行驶了几公里后减慢了速度,这时霍格斯特洛姆跳下了火车,消失在夜里。他徒步走回了家。

我终于在回家的路上了。起初我以为车厢里只有我自己一个人。但我发现厨房里有一个人一直陪我到车里雅宾斯克。原来这是霍格斯特洛姆先生安排的一个铁路员工。除此之外当我早上醒来时发现厨房里应有尽有,装备齐全。这位铁路人员为我端了一个俄罗斯壶,我们一起享用了鸡蛋,香肠,三文治和其他好东西。这些显然是霍格斯特洛姆先生和夫人准备的。这位工作人员果真以为我就是他在上星期听人所说的那位技师。当火车停止时我们就鸦雀无声。但在火车行驶时我们甚至可以开上灯。唯一的出口是一扇锁了的门,事实上那位铁路人员为了取水和其他东西一直在从那里进进出出。

从鄂木斯克到车里雅宾斯克总共用了五天的时间,这通常只需一半的时间。而我与这位友好的旅伴交往时总是忘记自己现在是一个铁路官员。

在鄂木斯克经历了所有的困难和拖延后这段到车里雅宾斯克的旅途对我起到了很好的安抚作用。我的旅伴会在晚上下车从车站购买鸡肉,面包,牛奶等等。由于没有官员和军衔更高的人在车上,前面的车厢经常传来争吵声和打架声。和常见的火车一样,我们的火车也有两个头。据说一些亚瑟港的船上的主要的机械师和烧火工人也在火车上。他们想要练习开火车,所以这些载着吵吵闹闹的士兵的火车总是会有两个火车头。最后,火车平安地到达了车里雅宾斯克。在离开我舒适的车厢时我告诉我的旅伴自己将要彻底离开了。他非常吃惊,随后眼泪汪汪地邀请我回到鄂木斯克,因为他不可能自己一个人把车厢弄回去。他显然是真的相信工程师兰斯铁是西伯利亚铁路的一名主管了。我给了他很高的小费,祝福了他,然后离开了这辆军用火车。

车里雅宾斯克车站似乎有大量的社会治安管理人员。这座城市被某位拥有强大军力的指挥官统管着。人们显然知道罢工的事情,但这里却还是和沙皇统治时一样井然有序。我把行李留给搬运工,自己则去寻找军事指挥部办公室。现在我用上了我的帝国信使文件和领事馆的信。但是他们依然坚持不让我继续行进,因为沿路都是革命者的天下,他们会把平民都赶走。我请求他们请在沙皇的信使去往圣彼得堡的路上给与帮助,如果俄罗斯的情况变得一团糟,那俄罗斯在中国的事务将变得更麻烦,这封文件(领事的信件)必须不予延误地送到外交部。我从一个办公室走到另一个办公室,最终来到了车里雅宾斯克办公室指挥官的前厅,这时也正好轮到了我。这里有形形色色的人在求助,他们有着各种各样的目的。正在指挥官的秘书(他是一名少校)接待我时,另一名官员突然进来报道车站发生了一起谋杀案。少校告诉我就在昨天两个警察被枪杀了,虽然指挥官能支配的钱并不多,但他得为他们的葬礼拨款,正当我与少校谈话时一个穿着便装的年轻人闯进来又哭又闹地要钱。从他的文件来看,他是驻扎在圣彼得堡的第六救护总队的医疗助理人员。他的名字叫叶米连诺夫,来自圣彼得堡。

他说几个星期前在伊尔库茨克他得到了两个卢布的旅行伙食费。现在两个星期过去了,他一直在旅途中向士兵和其他人讨着食物,现在又饿得要死,所以正在向军事当局讨要每日应给的食物。他解开脏兮兮的外套的扣子,他甚至没有一件衬衫,他把它卖掉了。他的鞋也破了,脚趾露了出来。少校告诉他红十字的事务不归他们管,这人便横躺在地上开始哭。在得到少校的允许后,我给了他十个卢布。他立马站起来亲了亲我的手。少校挠了挠他的头,带着我和年轻的叶米连诺夫来到另一个房间。在那里他仔细地阅读了他的文件。

第六救护总队是以沙皇皇后玛利亚的名义派出的,叶米连诺夫也真的在那里以一名红十字会员的身份工作。当我告诉少校我有好几百卢布时,他建议我和叶米连诺夫应该一起旅行。指挥官同意了这个提议,文件被发出去了。我的名字?我给他看了看我的护照。上面写着我是一个博士(doctor),"很好,"少校说"原来你不是领事啊。"我从一个哲学博士摇身变成了医学博士,同时也是第六救护总队的一名首席助理。他们给我开了一个我的原文件丢失的证明。少校告诉叶米连诺夫他可以用我的费用旅行到圣彼得堡,但一定要时刻谨记我是他的总管。很快我给叶米连诺夫买到了一件衬衫,却找不到他想要的鞋,直到我们到达欧洲的维亚济马。

叶米连诺夫是一个 17 岁的孩子,如果不是那么瘦的话,他会很好看。他说由于爱国的热情,他在学业倒数第二年离开自己的故乡和他的高级中学去参军了。他的父亲是一名在尼古拉耶夫线上工作的铁路工人。叶米连诺夫是一个很好的旅伴,他是我忠诚的佣人,在很多事情上都能帮上很大的忙。除了看管我的行李有些麻烦以外,我还在保持新形象上遇到了一些困难。在二等车厢里有很多军官和参过战的人,于是经常有人过来问我与第六救护总队有关的事。一个官员告诉我他的一个名叫库兹涅斯托夫的朋友正受伤躺在这趟车上,他问我他是否能活下来。在这些事上叶米连诺夫很积极地帮助了我,他知道的信息也很准确。通常我只是回告诉他们每天会有几百个人受伤,需要日夜不间断地做手术,我不可能一一为他们做治疗。还有一个人问我在奉天会战时我的救护队在哪条线路上。叶米连诺夫也为此给出了准确的信息。装成一个医生的感觉很奇怪。我不能停止去想火车上可能会随时有人需要医生的帮助。当我早晨醒来时我必须提醒自己我现在是一名医生,而不是铁路技师或者领事,更不是我自己。

有一次我在二等车的走廊遇到一个醉醺醺的上尉,他急着想要认识我。他向我介绍了自己,并告诉我他所属的军队。由于我不太想与这位先生相识,就告诉他我和他只是在这次旅途中相识,我与他在一起旅行也不会有多么有趣。当我回到自己的隔间时,他尾随我进入隔间,拿出了他的左轮手枪。幸运的是一名军官这时正好坐在隔间的角落里,正当上尉开枪时从下面打了他的手,于是这一枪打在了窗户上方的墙板上。这引起了一阵骚乱,随后这位喝醉的军官被带到自己的隔间睡大觉去了。

几乎每一站都有罢工者上车检查证件。我和叶米连诺夫的证件完全有效。我们此后没有再经历更多的麻烦事。在换了几趟火车后,我们到达了图拉。这里车站的窗户都碎掉了。车站前和附近有一大群平民和士兵。我们下车去换乘到莫斯科的车。人群拥挤得很厉害,在我的建议下叶米连诺夫最终放弃了上那趟火车的努力。火车离去了,我和叶米连诺夫找了些吃的东西。这时车站传来一阵骚乱声。叶米连诺夫打听到去莫斯科的火车走到一架被罢工者或革命者毁坏的桥跟前裹足不前。莫斯科发生了流血事件,大街上正在机枪扫射。所有这些事件都发生在 1905 年的圣诞节和圣史蒂芬日。

无论如何,火车还是从图拉站出发向西行驶了。我们也幸运地在去往华沙的火车上找到了座位。叶米连诺夫对于我们行驶的方向感到很疑惑,我告诉他我们向华沙,里加或柏林旅行都一样。我向他保证无论如何我们最终还是会到圣彼得堡。火车在维亚济马停留时，我们下了车。因为我发现从维亚济马有一条去往新特罗支斯克车站的线，这条线处于莫斯科和圣彼得堡之间。我们没有费力就登上了这辆火车。车上只有几个乘客，所以时间表几乎没有什么用。但在我们赶了一半的路程后，所有的乘客被赶下了车。乘务员和军队人员告诉我们这趟车将为圣彼得堡所征用。他们要把这辆空车直接开到圣彼得堡，中间不做停留。

这正是我们的目的地，我们靠一些小费留在了车上。第二天一大早我们到达了圣彼得堡的尼古拉车站，谢苗诺夫的卫队正等着乘坐这趟车去莫斯科镇压那里的叛乱。士兵主动帮我们把行李搬下了车，乘务员还为我们的小费表示了感谢。当我们还在站台上时，火车就已经向莫斯科方向驶去了，来时的火车头现在到了最后面。

当我到达圣彼得堡时所有的危险都结束了。我在涅夫斯基区找到了邮箱，把楚古恰克领事的信寄了出去。我希望它成功到达了外交部。这花了我不少力气。但是当我还是一名“医生”时，我没有给任何人看这封信。我和叶米连诺夫这个好伙伴道了别。回想起来，我必须承认没有他的帮助我一定寸步难行。在那之后，我再也没有得到他的消息。我在圣彼得堡找到了自己的熟人，包括我的同事安博士。我终于不加推迟地来到了圣彼得堡的芬兰车站。这里的秩序好得出奇，但奇怪的是我得买一张从这里到拉赫蒂的车票。我可是从鄂木斯克一路到圣彼得堡没有付一分钱的车票费。我在圣彼得堡上了晚上的火车，在黎明的时候回到了拉赫蒂的家中。我终于见到了我的家人。从中国回国的旅途就像是一场混乱的梦。我惊奇于自己怎能如此快速地进入自己的角色，因为不久前我还经常变换着自己的身份。我的妻子对于我没有发电报或写信感到很惊奇，因为芬兰的罢工已经停止，而俄罗斯的罢工却还在继续。

我正是在新年前夕回到家中的。

阿尔沙的故事

当阿尔沙和我整日坐在一起(有时会一直坐到夜里),他总会特别急着告诉我更多的东西。我在这里想给我的读者看看阿尔沙告诉我的一些故事。

在成吉思汗的时代或也许更早的时候。斡亦喇部的一大部分离开其他的蒙古人向更西的方向游牧而去。他们总是遇到抵抗。但是他们毫不畏惧地占领着一片又一片土地,继续向西行进着。终于他们看到了南面的海洋,于是知道朝这个方向没有更多的土地了。因此他们转而向北继续掠夺其他的城市,让人们交税。他们终于到达了沼泽地带和有着浓密森林的地方,这里并不适宜放牧。这里他们的人马难以前进。所以他们向东调头回家了。在敌人的土地上行进了许多个夏天,并拥有了许多财产和知识以后他们来到了一个山水环绕的好地方。这里住着热爱和平的人们,他们能做各种各样的活。这些人接纳了斡亦喇人,把他们当做朋友。他们的王和长辈来到斡亦喇首领面前说:“我们的土地非常广袤,可以轻松地容下我们两族人。我们一直希望你们这样骁勇善战的人能保护我们。我们的人民和你们从此以后可以和平共处。我们的人可以工作、耕地、织布、做铁艺、做银饰还会做贸易。但你们的人可以统治我们,为我们制定法律,在战争时保护我们。”这样一支斡亦喇部落就这样和这些友善的人一起定居了下来,再也没有回到祖先的故土。这支部落的名字叫沙拉斯 - 马哈斯,这是一支很大的部落。沙拉斯 - 马哈斯部落的人没有带来什么信息和礼物。但他们去过很多国家,曾给予过别人很多法律和军事上的指导。这些“老师”去过太多的国家,以至于有了“没有蒙古人没去过的地方”这样的说法。

阿尔沙也说不出这个故事里的人究竟是谁,在哪里生活。别的卡尔梅克人也对他们一无所知。他们只是知道了他们的“传统”,因为阿尔沙坚持我就是来自沙拉斯-马哈斯部落的国家的人。他们用最友好的礼仪和最高的崇敬接待了我这个来自与他们有着“血缘”关系的国土。整个关于沙拉斯-马哈斯部落的故事构成了一个关于俄罗斯国家建立故事的特殊变体,还模仿了蒙古其他地方可见到的老故事,主要模仿了占领伊朗和阿富汗后留下来的军民——印度和阿富汗的莫卧儿人的故事。我们也可以进一步想到这个故事也指匈奴人的迁徙,他们因伏尔加河而停下脚步,今天的楚瓦什人就是他们的后裔。

当然除了回族起义中烧毁的城镇,那里还有许多古镇的遗迹。我曾想在这些遗迹旁停留,看看能不能找到一个博物馆或文字遗迹什么的。当我这么提议时,阿尔沙却吓得魂飞魄散。

有一次当我们经过这样一个街道依稀可见,其间还有奇怪的山丘的地区时,阿尔沙坚持说这地方一定被诅咒了。谁在这里过夜,谁就会把魂丢掉。也许他还能在晚上睡得挺好,但是到了半夜,鬼魂就会来找他了。在梦里,他会看见好几百年前这个地方的景象。大街和旁道上的日常生活依旧活跃,人们喜怒哀乐的声音清晰可闻。商店里买卖红火,人们还在讨价还价。这个睡着的人能看见过去这里所发生的一切,但他的身体将不能动弹。这时一个车队将到来,骆驼向他的方向走来,货物一个接一个的朝这边传来。有人会喊:“让道!”另一个人会喊:“快让道,伙计,躺在大街上是想被压死吗?”如果熟睡者这时真的能醒来,他依然会听到叫喊声,然后开始来回奔跑,永不停歇。如果他没有能够努力醒来,而是在睡梦中认为这一夜的喧闹只是一场梦,那幽灵之车将从他的身上辗过,然后他就会发疯。

7 我的蒙古之行(1909年)

芬－乌戈尔学会得到了西伯利亚铁路长为我丢失的物品所付出的赔偿金。学会的主席唐纳教授想让我再次去蒙古进行语言和考古学调查。他还从他的朋友那里得到了额外的钱。因此在很早以前,这次旅行的费用就得到了保障。直到这时我还在走过的地区独自扮演着摄影师和制图师两种角色。这次令我高兴的是,我有了一个旅伴,萨加里·巴尔西,他是一名年轻的文学学士,他愿意与我结伴而行。巴尔西既是一个考古学者又是一名优秀的摄影师,他还是一个非常有活力而且实际的人。

我们在1909年5月5日离开了芬兰。在圣彼得堡我们把自己全副武装了起来,装备中还包括一个很好的晴雨表。我们很舒适地乘了二等车厢,于5月15日到达伊尔库茨克。我们买了到上乌金斯克的西伯利亚快车票。在快到伊尔库茨克时,我突然有了一个想法:我们最好应该在伊尔库茨克停留一下,然后换乘当地的火车继续赶路。也许冒出这想法的部分原因在于,我想让我的伙伴看一看贝加尔附近壮丽的景色,这在快车上是不能够好好欣赏到的。巴尔西对于我的提议感到很惊讶,但我说伊尔库茨克有一个天文台,我们最好让他们测一测我们新买的晴雨表。

我们到达伊尔库茨克之后径直前往那气象机构。我们的晴雨表被证明准确无误。不久我们又回到了车站,上了快车驶过后的第一辆旅客列车。当然我们在快车上的预留座位和补票已经作废,但这对我们来说根本不算什么。

西伯利亚铁路沿着安加拉河西岸延伸到贝加尔站。在这里铁路做一个急转弯,继续沿着山坡行进,在贝加尔的危崖上时而穿过隧道,时而又经过桥梁。

我们到达了斯柳江卡车站。从这里火车开始平缓行驶,但还没有开出车站多远,我们就听到了汽笛声和喊叫声。火车停了下来,所有乘客被请下了车,我们被告知前面行驶的快车在一个隧道里翻车了。巴尔西和我上了一列工程列车因为我们适合工作。我们也有能力把行李放到临时的工程列车上。这时我们看到了事故现场可怕的景象。一颗巨石从山坡上滚到了隧道口。火车头撞上了这颗巨石,几乎碰到了隧道口左边的柱子上。行李车厢被撞毁了,乘客车厢也被撞得四分五裂。快车承载了很多乘客,其中许多人都不幸遇难,其余的也都受了伤。当我们正在事故现场中途下车时,贝加尔也来了许多人,有报道称来自另一个方向的载着工人的救援火车也正在赶来。当这辆火车回到上乌金斯克的时候,我们才得以前往我们真正的目的地。我们必须用匆忙搭起的梯子爬到火车头上,再把我们的行李拖到隧道的另一头。事后我心有余悸,我们从一场夺去这么多人生命的灾难中幸存了下来。我看到先前在快车上检过我们票的乘务员躺在两节撞翻的车厢之间。我还曾见过遇难者中的一些人。

在上乌金斯克车站我遇到了我的老朋友伯尔丁。许多年前他在这座城市买了一栋房子。这房子到现在还归市里管。我们在他装修精美的客厅渡过了愉快的时光。我们决定在楞格河上乘船旅行,因为现在已经是夏天,汽船运输已经开始运营了。色楞格河上有两个很不错的游艇,这两艘船当然都是明轮汽船。由于春季的洪水过后水位降低,其中一只汽船的船桨卡在河坝上动弹不了了,另一只船为了拉前者出来,也卡在了那里。于是河上便再也没有船输了。在这样的情况下我们只有在伯尔丁热情好客的家中呆上几天。

伯尔丁告诉我们许多在俄日战争(1904～1905)期间上乌金斯克及其周围发生的事情。他说东方学院在战争期间从符拉迪沃斯托克迁移到了上乌金斯克,教中文的教师彼得·皮特罗维其·施密特就住在我们现在所在的屋子里。学生更是没有像样的住所。通常是几个人住在一个屋子里。他们没有钱也没有阅读材料,他们有许许多多不满意的理由。于是他们给自己的院长阿·波兹德涅耶夫发了一封电报。他曾是圣彼得堡大学东方系的蒙古语言文学专业的教授。在自己的任期期间,他对于建立东方学系做出了巨大贡献。当抱怨的声音从四面八方传来,他被惹恼了,心情很不好。带头挑事的学生立马被开除了。之后又有别的学生代表激动地指出开除学籍这样的惩罚实在是太严重了,院长应该为他的未来考虑。于是院长喊道:"我呸!我呸你们这些人的未来!"当天晚上学生们埋伏在院长的路上,抓住他,把他扔到街上在他身上吐痰直到他被口水淹没。警察不得不出面来营救院长。事件被严重扩大了。院长让所有学生停止了学业。但军事当局和总督插手了这次事件,还给圣彼得堡发了电报。圣彼得堡来了命令,要求院长交上辞呈。于是院长来到暂居在伯尔丁家中的施密特这里,希望他能至少暂时接管一下院长的职责和学校的事务。

"你是最适合的人选了"波兹德涅耶夫说,"你看,我只要给圣彼得堡发一个电报就能决定谁是我的接班人了。在目前的情况来看,院长必须是一位热情有充满干劲的人,我知道你拥有这些品质"即将退位的院长这么说。

看到施密特没怎么反抗,波兹德涅耶夫从随身的一个包里拿出他的礼服。"这事儿就这么定了"他说"我把我的礼服交给你,你来付我300卢布。"总之施密特教授对于在他接到院长办公室的授权之前就做服装的交易感到将信将疑。所以买卖没有成。于是波兹德涅耶夫带着他的行囊又前往斯巴尔文那里,之后又辗转到其余的教授那里。到了晚上,所有的教授都聚集在施密特住处,谈论着谁买了院长的礼服。伯尔丁老人听着这奇特的对话做出了这样的总结:谁买了院长的礼服谁就会得到院长的位子。总之,没有人买波兹德涅耶夫的礼服,他就回到了圣彼得堡。很长一段时间里,没有人知道那所大学里有没有任何院长。后来传说院长的兄弟D·波兹德涅耶夫(他是俄亚银行北京办公处的一名官员)被授予了院长职位。当新院长第一次出现在学校时,他身上正穿着他兄弟的礼服。由于他,东方商业学的一项新学科在这里诞生了。伯尔丁说:"在俄国,谁买了院长的裤子谁就能当院长,不论他是个银行官员还是随便什么人。"但无论如何,新院长长期以来都是个东方学者。老人伯尔丁讲了许多上乌金斯克战时发生的有意思的故事。

巴尔西和我在上乌金斯克给自己买了羊皮大衣。老人伯尔丁给我们准备了大块的黑麦面包和其他东西。在布里亚特人的帮助下他帮我们弄到了到恰克图的马车。我们穿得像农夫一样,乘着布里亚特人的马车,在第三天的大晚上到达了恰克图唯一的一家旅店。旅店的主人是一个塞尔维亚人。在驿站车夫的帮助下我们两个带着自己的行李穿过旅馆狭长的走廊来到了一个空房间。我们当时又脏又累,在三天的旅途中变得胡子拉碴。店主要求看我们的护照,询问我们来自何方,打算去往哪里。为了避免没必要的谈话,我简要地回答他我们来自圣彼得堡,将要去往库伦。

店主告诉我们此刻旅店里还住着一位来自圣彼得堡的地位非常显赫的人,他也打算去往库伦。我注意到一个绅士带着若有所思的表情在走廊里来回踱步,抽着一根好雪茄。

在这位绅士的要求下,店主片刻后来问我是否可以听听他所说的话。他是一位来自圣彼得堡的药商,名叫桑格。这位药剂师过来告诉我他被狠狠地骗了。他曾在圣彼得堡有一份很好的药剂师工作。他们问他是否愿意在库伦将要建成的一家药店担任药剂师的工作。因为可以看出,他对于库伦或蒙古的生活丝毫不了解,他看了一眼地图,发现库伦是一片大疆域的中心城市。他曾经每月的工资是3000卢布,现在他们承诺给他4500。在此之后,用他自己的话说,他和一些高官签了协议,他必须在库伦作为一个药剂师工作至少一年。他是一个受了高等教育的人,经常去听音乐会。现在他在旅途中听说了一些奇怪的事情,即库伦没有旅店和俱乐部,没有饭店和剧院,更没有音乐会和任何一种受过高等教育的人绝对需要的设施。我讲给他库伦巨大的垃圾堆、几千条野狗和麻风病人等等。这吓坏了他。桑格先生非常的沮丧,想着是否要违反合同回到圣彼得堡。他告诉我科科文 & 巴索夫茶叶公司安排了他到库伦的旅行。我意识到这正是当年我和妻子女儿去库轮时我们乘坐的中国官方交通工具。但是我没敢告诉在那封闭的马车里颠簸有多么艰辛。

桑格和我在广场上询问了一些蒙古人继续旅行的可能性。一个蒙古人正打算与他的骆驼商队队友从恰克图返回库伦,再从那里回到戈壁的家乡。这个人很乐意运载我们的行李,还来到我们的旅店看了看我们的行李。在他看来我们的行李太少,对于三匹骆驼来说这承载量实在是过于少了。他还很奇怪我和巴尔西的行李大小和重量不同,因为这样它们就不能被载在骆驼的两边了。由于平衡问题,他要求涨价,如果没有这个问题,他就可以用很便宜的价钱把我们的行李带到库伦了。由于我们的行李都用铁角加了固,有可能严重磨损绳索和骆驼的侧身,所以我们只有自己出钱买了必要的绳子和带子。因此我们的行李托运费竟花了三十卢布。

作为一个鉴赏马的内行，巴尔西仔细检查了广场上贩卖的马匹，还看了他们的牙齿。而我则询问了它们的耐力和拉马车的能力。然后我们买了两匹马：一匹带着马车和马具，另一匹带着马鞍。马车上还有一些毡子、足够的麻袋和一个茶壶。

我们就在行李运走后的第三天出发了。我们一人坐在马车上，另一个人就骑马。很快巴尔西就适应了骑马，尽管起初他把腿伸得太直——那是欧洲人通常骑马的姿势。在蒙古你需要习惯非常短的马镫，大腿也几乎要与地面平行。身体的重心要交替放在左右腿上，坐在马鞍上前倾或后倾，这样才能舒服地骑在马鞍上。

再一次看到十年前自己走过的路真的感到很愉快。我现在能够与蒙古人自由地交流，还有一两个草原上的居民和库伦人认出了我这个曾住在拉夫朗围栏的人。我们没有特别着急，因为从恰克图到库伦的驼队通常要在七天后才会到达。

路上我们遇到一个布里亚特喇嘛，他正带着自己的马车赶往库伦。我们买下了他的马和车，这样他到了库伦就正好不用再带着它们了。他承诺一直到库伦都与我们同行，并自己照料那匹马。我们没有在路边乞丐的帐篷前做停留，径直赶往远处更繁华的夜宿地。我们在5月25日到达库伦。几天后我们的行李也随着驼队到来了。

库伦向东六十六公里(41英里)处有一片名叫巴彦塔拉的广阔平原。在平原的尽头有一个名叫纳来哈的谷地。这里有全蒙古最具价值的考古发现，其中就有突厥汗国(公元680～735)贵族暾欲谷雄伟的坟墓。

暾欲谷是一个出生在中国土地上的突厥人，在当时的中国，他算是一位很有学识的人。他鼓励北方游牧的一个小部落酋长重建了突厥汗廷。突厥汗廷一直存在到公元630年又因内讧而解体。暾欲谷和被他拥立为王的贵族带着约700个人(其中包括三分之

暾欲谷石碑

一的骑兵和三分之二的步兵）在公元 680 年建立了一个新的突厥汗廷。所有证据都表明这些兵将皆为穷人。几年过后队伍壮大到了 2000 个骑士。这些人逐渐将国土的面积扩张开来，并开始统治许多回鹘人、鞑靼人（蒙古人）和一些其他部落。

突厥后期所获得的荣耀，其基础工作全部都是由这位名叫暾欲谷的人在有生之年所做。他总共扶植了三位统治者，活到了很高的年纪。他被埋葬在了纳来哈，人们在他的墓前竖起了两座巨大的石板，石板上刻满了文字。文字的年代被大约估计为公元 710 年。从这些文字中所看到的汗国建立史仅仅是其中一条，它们构成了这些国家最重要的历史文献资料。

一位名叫克列门兹的圣彼得堡的学者第一次向学术界提供了暾欲谷墓址的资料。拉德洛夫院士在复制品和照片的基础上，出版了他包含这些文字的第一篇作品。我和巴尔西带着这本书从库伦前去调查暾欲谷之墓。我手中拿着拉德洛夫的书时而坐在墓碑前时而站在墓碑前，将他的文字内容与碑文做着比较。历经了几百年，花岗岩被严重风化了。牛马等牲畜会在石头上蹭它们的身子，石碑上的文字已经多处断裂并被污垢覆盖，它们被损坏得很严重。

巴尔西和我带着好刷子和水去了那里。这些石头需要被彻底清洗。我们从不同角度给它们照了相，巴尔西开始了拓印工作。拓印的工作是这么完成的：首先将许多层浸湿的纸张贴在文字表面上，然后用坚硬的刷子敲打成浆，贴上更多的湿纸，等候干透。拓本干透后，会自己从石头上脱落下来，变成一张底片。人们可以把这样的底片卷起来，它非常易于携带。

我们从 6 月 17 日到 23 日一直都在暾欲谷的墓碑上工作。

路过的蒙古人，无论是赶车经过还是独自经过，都对我们的工作感到很惊奇，显然他们不知道我们在做什么，也不知道这些石头的重要价值。暾欲谷的名声在一千年多年前早已销声匿迹。阅读石碑上这些自吹自擂的文字,会给人一种很奇怪的感觉,因为这个国家的现在的居民并不知道发生在这里的更早的历史。环绕我们周围的只有嫩绿色的草原,小鸟唱着它们夏天的歌儿。

事实上,暾欲谷墓碑之旅对于我和巴尔西来说更像是一场为了更远的旅行而做的预习。

我们的装备和拖车已准备就绪,所有用不着的欧洲装备,包括我们所有的大旅行箱都被留在了库伦,以便回去时带回去。

我们在库伦的时候对药剂师桑格产生了怜悯心。这个可怜的家伙很郁闷。他的药房是一座广场边上的小木屋子,这也是这位药剂师的家。他雇了一个汉人当助手。他抱怨整个城市都没有能与他作伴的人。这里没有啤酒也没有留声机。因此他通过邮局从伊尔库茨克订了这两样东西。当巴尔西这个很好的歌手没有同意留下来等待他的留声机到来时他感到特别失望。“芬兰人民难道不喜欢音乐吗?”他订购的唱片里有一些夏里亚宾最好的专辑。“古代的石头和废墟对你们来说就那么重要吗?为了它们连一个星期都等不了吗?”此后他开始忙着在伊格纳特耶夫房子最大的房间里安排夜总会。

我和巴尔西在24号从暾欲谷的墓碑上回来后去了一家较大的中国公司把俄罗斯卢布换成银钱。给这些银子称重量和讨价还价费了我们很大的劲。有些银子上刻有记号,蒙古人不接受这些银子,他们就得重新给兑换。我和巴尔西说芬兰语时,这些汉人对于我们的国籍很好奇。显然我们所说的语言不是他们能听出来的俄语。一张巨大的图展开在我们面前,他们叫我们指出我们的国旗。我诚实地指了俄罗斯的国旗。过了一会又有一个汉人拿来一本地图集,要我们指出我们的祖国。我指了指地图上的芬兰,于是一个老人说他曾在书上读到过这个国家。“他们出口木材、焦油和燕麦,”老人说道,“那里的人文化修养都很高。”我已经想不起来老人说的所有话,总之说得很令人欣慰。最后他们很热情地请我们喝了茶吃了糖。兑换了 300 两后,我们离开唐人街经过转经轮回到了我们的住所。

虽然天色已晚,却还是有一些老喇嘛身穿批单,手拿着念珠在转轮附近走动。在与他们交谈了片刻后,我问他们是否认识额尔德尼昭的老喇嘛。十年前他曾是赛因毕力格图老师的师傅。他们还真的知道,但据说他已经在若干年前去世了。我们的谈话持续到很晚,月亮已高高地挂在空中。据说额尔德尼昭的喇嘛为这个很懂蒙古历史的学生感到很骄傲。我终于告诉他们,我就是这个学生。近年来越来越多的外国人来到了库伦,喇嘛们为此感到很惊奇。“一个俄罗斯医生曾经在这里呆过一段时间。甚至现在有一个药师也来了”他们说。我们谈论到他们自己的医学知识,其中有个人还给我拿来了医学文献和天文学文献来阅读。

与喇嘛们道别后我们来到了我们的住处,我们的两个佣人达尔嘉和巴拉吉尔此时正等着我们。他们叫我们立马前去伊格纳特耶夫的住处,据说那里有庆祝活动正等我们呢。原来是药剂师举办的夜总会正在进行中。

当我们赶到那里时,屋里传来醉鬼的叫喊声和争吵声。帕尔西上前小心翼翼地打开了大厅的门。

药剂师坐在大厅的沙发上,旁边坐着自称是某个厂的厂主的人,另一边坐着一个俄罗斯人。他曾向我们要钱购买铁板,为的是按照巴尔西的要求制作一个旅行炉。无论如何,他最后也没有做成旅行炉,因为他把那些钱用来喝酒了,虽然他声称现在还只缺一些工具。我们从门缝听到了这三个人的对话。

药剂师正在抱怨自己在库伦感觉一点都不自在,还说道:“这些芬兰人真是刻板无趣,他们不懂社交聚会的快乐,我们还是再等等他们吧!”

我们立即从门后撤离,出去散步去了。正好月光皎洁,天气暖和。走了一小会我们又碰到了先前的喇嘛,于是我们再一次停下来与他们交谈。这时药剂师正好从肉市的方向走来,被先前坐在他两旁的人搀扶着。“这就是那药师”一个喇嘛说,“但现在他找到两个弟子了”另一个喇嘛说道。药剂师正唱着咏叹调(可能是夏里亚宾的某一首歌)沿着广场边走向他的药房。于是巴尔西和我离开喇嘛们回家睡觉去了。我们还见了上面提到的那个厂主的一个熟人。他的工厂在图拉河的一个支流附近,离库伦市很近。他们架起了一些杆子,杆子之间用麻袋片连接起来,当作栅栏。这里面便是一个“工厂”。这里是一个宰羊的地方。宰羊时内脏会被扔出栅栏。于是一些小孩又捡起它们再把它们洗干净晾干。这些盐腌的干肠子会被运到欧洲,那里的人们普遍习惯吃香肠。用这位制造商自己的话来说,他在做一个特别划算的买卖,因为他根本不用为那些肠子付任何钱。他只需雇一些小男孩和小女孩把那些院子里扔出来的肠子捡起来。据说在一些欧洲国家很缺肠子,所以人们不得不用其他东西来代替香肠套子。那位制造商还告诉我们蒙古羊肠是一等的小提琴弦和吉他弦。

第二天药剂师为我俩昨晚的缺席表示了遗憾。他说他现在不知道自己是否要继续呆在库伦,因为这里根本就没有能与他进行社交的文明人。他对那个铁板工人也很生气,因为他也向他要了钱,在他的再三催促下还没有还清。我真诚地建议他可以研究这里土壤的化学成分,尤其是蒙古许多地方可见的矿物质,包括金子和磷。他还可以为喇嘛的草药和他们的医学经验做一个条目或索引。这多少对他起到了一点安慰作用,尤其是当我向他保证这样的工作拥有非常重要的意义时。

我们穿着蒙古人轻快的衣服从库伦骑马走了几天。我们雇佣的骑手则引领着我们的运货马车。我们的两个运货马车很轻。我们带了两顶帐篷和四个一样大的蒙古式箱子。箱子上标了号码,1号和2号是我的,3号和4号是巴尔西的。在黑夜降临时我们就把箱子放在帐篷里,箱子上再放上轻薄的帆布床。这样当我们躺在床上时就没人能在夜里接近我们的箱子了。另一顶帐篷是给佣人的。考虑到夜晚的寒冷,我们带上了冬天的衣服。

我们快速地行进。早在6月30日我们就经过了撒阿里川和伊图廷塔拉,于7月1日和2日来到了苏吉石那里,这石头和洞穴是我在1900年发现的。我们重新给石头照了相。由于巴尔西是一位专业的考古学家,他做的观察和记录自然比我当年所作的更为精准。

我们在7月13日来到了杭达王寺。我在那里见到了自己的老相识。当然最重要的是我要见杭达王本人。碰巧他在西北的某个温泉招待他的朋友,但据说不久就会回到王宫。于是我们就在那里等待他。由于我们的任务是尽可能多收集考古资料,王爷一定注意到了这些。确实,在蒙古挖掘古物是危险的。如果你在地面上挖出一个洞,民间的信仰认为邪恶的力量会冲出来攻击人类。甚至清朝政府也通过蒙古当权告知人们古迹是不可以触碰的。然而,牛马却每天都触碰着它们,乌鸦把它们当做荒野上独有的观望台。我们一听说王爷回来了就前去见他了。

接见室在许多庭院后方的一座漂亮的两层建筑内,这是一座相当典型的蒙古式建筑。这里挤满了人,前院里全是马。王爷最尊贵的下属为他带来了礼物。我也带了一个礼物,是一把专门定做的考哈瓦上等刀,上面用蒙古语刻着"手工制造"。我在等候室等了很久,因为在我之前还有很多人要见王爷,我并不想扰乱顺序。

在等候室聊天时,我提到了古时候的蒙古人。我说道大约在一千年前突厥人就居住在这片土地上,而鄂尔浑河和色楞格河正是突厥人的发源地。这时有人对我的话感到很恼怒,问我如何证明我的观点。于是我在一张纸上写下了暾欲谷的墓碑上有的一些文字和同时期其他墓碑上的一些文字,又提到了曾在路上拍摄到的苏吉石。我身旁的人将我的那张纸传给别人,于是屋里的蒙古官员和他们的随从开始传看那张纸。我发现其中一些人在点头称这可能是真的。"这种无人能解读的文字在蒙古依然随处可见"他们说。最终一个帽子上有一颗大红宝石顶戴的人小声说:"去年我在自己冬营附近的石头上就见过这种文字",我听到了这句话。关于这个话题我没有说也没有问更多。但当轮到这个人见王爷时,我听别人说他是王爷的临时税官。我夸赞了这位税官高大的身材和饱满的精神,但没有询问他的名字。

现在我得知杭达王的地盘有一座古突厥石碑,未曾有人发现过这座石碑也没人给它照过相。我见王爷时将我的礼物包在一个哈达里奉上,同时我向王爷提出了一个要求,那就是我和我的同伴想要尽可能自由地研究这里的古迹。他没有直接回答我,而是皱了皱眉头。作为回礼,王爷送了我一张巨大的中国地图,上面有汉字,但是十分不准确,至少蒙古地区的描绘非常不准确。另外我还得到了一个救生衣,这样我就不用怕被洪水冲走了。王爷并没有回答我的要求,而是大谈特谈救生衣的用处。巴尔西一直都板着脸不说话。后来我从瑞典人 F. A. 拉尔逊的《蒙古公拉尔逊》[波士顿,1930,p,26]一书中读到杭达王曾和拉尔逊一起从上海买过几百个救生衣。

在回自己帐篷的路上我听一个喇嘛说先前的那个税官前去他的冬营了。他在一个西面边界上的名叫乌尔格图的山坡上放牧而居。

这条信息引起了我的兴趣,因为乌尔格图意为宫殿。而一座宫殿只能在一个部落居住地的中心地带坐落。很显然乌尔格图这个名字是从古时候延续下来的。地图上并没有这个名字的山。边境西边有一个很小的行政区名叫阿克三马公。马公曾是这里的主人,已经死了许多年了。但上报了北京许多次后,依然没有新的王爷被任命,所以这个地方的名字就逐渐变成了阿克三马公,即“前马公的地域”。于是对于这个地方的人来说,她的名字和目前没有王爷的状况变得十分令人痛苦(没有扎萨克王爷对于一个蒙古人来说是一种耻辱)。巴尔西和我决定去乌尔格图山看看,如果有蒙古人问我们就说要去看阿克三马公的小寺。

我们于7月24日从杭达王的宫里出发向西行进。起初的几天我们走得很快,大约每日行进40或50公里(25到30英里),但后来由于天气太热,我们就放慢了脚步。我们在白天休息的时间很长,同样在早晨和傍晚也休息很长时间。巴尔西也对这样的旅行感到很惬意。我们有足够的食物,而且总能买到羊肉。有一次在买了一只羊后,我们把羊肉切成了一小块一小块,在一个大锅里煮过后轻微地腌制了一下,然后把它们存储在了几个大糖罐里。尽管天气炎热,这些上面包着一层肥肉的灌装羊肉依旧保存得非常好。

我还随身携带了几个鱼钩,还偶然地从鄂尔浑河钓了一次鱼。一天傍晚,我们已搭好帐篷,食物也早已准备好了。当时巴尔西很奇怪我为什么非在费尽心机地抓小鱼。蒙古人看不起鱼肉,他们叫它们“水里的虫子”。通常漠北的蒙古人只知道两种鱼的名字。一种是他们语言里的哲罗鱼,另一种被称作“哈鱎丝”(河鳟)。他们从西伯利亚俄罗斯人学会了这些名字。而这些名字最初是从卡累利阿人那里来的。这一天傍晚我捉了四条小鲑鱼。当我们把它们烤了吃的时候,巴尔西简直不敢相信它们会有那么好吃。当我第二天早晨醒来时发现巴尔西正坐在河岸上用我的鱼竿和鱼线钓鱼。

我们渐渐地了解到乌尔格图山的位置，慢慢地把我们的帐篷向那方向移动着。现在的主要问题是快速找到那个有着高柱子的墓穴的所在地点。我当时害怕蒙古人会阻止我们前行，因为我们正离正常的道路向北渐行渐远。

在 7 月 30 日我俩向不同的方向分头寻找那块石头。我给我们雇来的佣人看了我带来的书上的古突厥墓大致的样子。巴尔西向西，我向南方，达尔加向北，巴拉吉尔向东北方向分头行动，我们说

作者与他的蒙古佣人巴拉吉尔

好晚上汇合。当我们晚上碰面后一起吃饭时我和巴尔西心情很低落,因为什么都没找到。在另一顶帐篷里,达尔加和巴拉吉尔在吃晚餐,我听到达尔加告诉巴拉吉尔古时候的人可真奇怪,他们居然用石头给狗做食槽。我进入他们的帐篷问他们狗的食槽是什么样子的,他们是在哪里见到那样的东西的。达尔加说离我们帐篷三四百米(1000 到 1250 英尺)处的池塘另一边上就有。这个地方的名字叫"新乌苏" 即"新水",因为河谷的正中央冒出一个泉水,这个泉水的周围又形成了一片小池塘。据老人说以前没有这片池塘。

第二天早上我们去看"狗槽",它应该就在池塘北面。食槽由一个一米长,半米宽的石头形成。石头的表面有华丽的装饰,在中间有一个几乎是正方形的凹槽。

它的周围是沙子和高高的杂草。这个方形石头形成了一个石头柱子的基石,这个凹槽正是石柱曾经矗立的地方。离这个基石几米远的草丛中依稀可见一个长方形的石头。当我们用手把周围的沙子刨开,石头上的古突厥文便清晰地展现在我们的眼前了。我们需要把石头立在地面上,不论这么做是否被允许。巴拉吉尔说附近的一个山谷里有一大堆木桩子,它们显然是收税官的冬季栅栏的木桩。于是达尔加和巴拉吉尔很快找来了一些长木桩。我们把石头周围的沙子铲开,石头从土里被抬起来了,但出来的却是一条断了的柱子。这一截石柱只有一米长。我们开始在它的周围寻找它的另一截,结果真的找到了。在 8 月 1 日的时候我们把新乌苏遗址的两块石柱都立了起来。这块石柱曾是一块巨大的花岗岩石柱,有四米高(13 英尺高),它的四面都写满了文字,总共有 6000 多个字母。那些断裂后露在地面上的石面已经风化了,但那些埋在地下的部分却很清晰,因此上面的文字很容易被解读。

可能有些蒙古人从远处观察到我们抬石头的举动,就给附近的警察机关报了信。第二天当巴尔西正在忙着给石头照相时,四个人过来逮捕了我们。他们要求我们立即跟他们去见王爷的大臣。无论如何,我当时随身携带着王爷送的地图,此外还带着拉德洛夫关于暾欲谷墓碑的书。于是我平静地坐在石头上开始念石碑上那些不寻常的文字——这些蒙古人一点都不懂的文字。当我向他们提议他们应该首先明白事情的来龙去脉。至少他们应该学会这些字母时,他们顿时感到很尴尬。我还告诉他们这地方先前的历史。警察一直想要知道是谁带我们来到这石头跟前,我告诉他们是另一块石头上暗示的,还告诉他们这块石头上就写着别的墓碑的地址。石碑上还提到这里曾是一座坐落在色楞格河边的拥有粟特和汉式建筑风格的城市。这座城市的突厥语名字曾是百八里Bai Baliγ"富城",根据汉文史料,这座"富城"确实曾经形成于色楞格河的中心地带。石碑上还提到,她的统治者在鄂尔浑河和她的支流处建立起了他的"首都",那里不仅有"人民的房子",还有"统治者的房子"。我向这些刚开始特别积极的蒙古人解释了这些,又带领他们看了看石碑上所指的相应的地点。这些蒙古人不知道该不该相信我。我的佣人给他们端茶倒水,我和巴尔西又递给他们一些好烟。于是在夜晚到来之前,我们成功地摆脱了他们。

第二天我们在非常平静的状态下继续着我们的拓印和摄影。我们把石头轮流翻转过来面向阳光,这样每一面就都能照好几张照片了。

我们在工作上花了一个星期的时间。很显然这是一项非常珍贵的发现,这是为纪念回鹘汗国的建立者和第一位统治者所立的石碑,这是一项自突厥汗国沿袭下来的规矩。地面上依然可见墓穴周围相当大面积的沟渠的痕迹。在一个早时期的栅栏内躺着一大堆石柱,但我们没有考虑要挖掘它们或仔细研究它们。

距离石头堆几公里处的一座矮山上有一个很小很怪的小丘,

是人工堆出来的。那里交错地躺着厚厚的石板和烤瓷砖,统治者的宫殿也许曾经就在这里。或者这里也可能是一座祭祀回鹘汗国建立者的庙宇的遗址。

这块有着珍贵文字的石碑,坐落在杭达王的地盘里。很少有人见过它,因为这块石头只有一个角露出了地面。蒙古人真的有理由怀疑我们是怎么找到它的。它的石基是达尔加见到的“狗槽”。是巴尔西和我依靠我们共同的知识认出那其实是一个柱子的石基。我们不知道警察后来或许又有了什么想法,但我们一直开开心心地在此呆到8月7日。

这座上面有着石柱堆的小山显然就是乌尔格图山,即那位税官的冬营。我试着尽快发一个电报到赫尔辛基通报我们的新发现,但芬-乌格尔学会的主席却在电报发去的前一天去世了。我在1912年才知道,不论是杭达王还是蒙古人之中的历史专家,都不知道这个石碑的存在。这一年有一支俄罗斯探险队从圣彼得堡来到库伦给这石头拍照。事实上,杭达王曾派人到库伦问我这石碑的确切地点。

我们从新乌苏的石头沿着小莫桂图河向西行进来到了阿科散马公的地盘。山坡上的小寺看起来非常漂亮,但我们没有发现有什么特别值得研究的东西。8月的呼内河和哈乃河美丽的景象是我们旅行中最惬意的事物了。还没有来得及向更南行进时,在塔米尔河边我们遇到了令人印象深刻的事物。塔米尔河由两条河流组成,北塔米尔河和南塔米尔河。这两条河汇合后统称为塔米尔河。整个河流区域被称作三塔米尔区域。沿着后塔米尔河有延续好几个公里的庞大古城遗迹。蒙古人称这个地方为旧乌里雅苏台。这个名字显然是一个新名字。今天的乌里雅苏台城是个真的有杨树的地方。但旧乌里雅苏台的周围根本就没有杨树。沿着北塔米尔河的古城遗址也许曾是一个行政中心,可能和今日的乌里雅苏台的作用是一样的。

我们在向南行进的路上经过了喀拉葫芦的山路来到咱雅活佛的寺庙。我们从 8 月 17 日一直到 22 日都在那里。像在库伦一样，这寺庙周围的中国商人住在永久性的建筑里。我们买了一些东西,大部分是生活必须品:面粉,茶,糖等物品。咱雅活佛的寺庙不算特别大,但这位活佛从某种程度上可以说是一个王爷。因为他的弟子人数和一个旗的人差不多。

这个地方随处可见古人居住地的痕迹。其中有一部分是田地的痕迹,还有许多石头小墓穴。有的墓穴上有花岗岩雕塑,大部分是人像,但有时也有卧着的绵羊或骆驼雕像,更罕见的还有狮子。通常这些雕像代表着曾经的官员。辨认的方法便是他们都带着同样的帽子,帽子后面都是高的,朝鲜人曾经也用过,日本人在今天的宫廷节庆日还在穿戴。这些古老的石人也有许多被砍掉了头部,因为在蒙古喇嘛的眼里它们来自没有宗教的时代,而且在人群中传播了巫术。

如果这样一个石人依然有头部,蒙古牧人会把肥羊肉涂在他的嘴周或在他的鼻孔里塞上鼻烟,请求这些强大的神灵与他们同在并保护他们的牲畜。阿克三马公寺的门前有两个石狮子,当我说这两头狮子也是来自无宗教的时代时,寺里的喇嘛感到有些尴尬。巴尔西和我对许多墓穴和雕像做了考古研究。但是新乌苏的事件告诉我们这是一项危险的工作,尤其是当我们和这里的王爷权贵没有私交时。这些地区在未来需要大量的调研工作。

我们继续向南行进,渐渐地爬上了山坡。我们在 8 月 30 日经过了库勒塞隘口来到了通往戈壁沙漠的路。直到这时候山的北坡还在生长着常青树,但当我们从库勒塞隘口向南望去时,发现整个山坡都是光秃秃的。在这个高高的山口上空气格外地新鲜。到了平地上,我们可以看出南方远处有连绵的山脉,据蒙古人说到那里

咱雅活佛，他的地位非常高，是一位呼图格图

需要十五天的行程。当我问到这些山区是否有人居住时,他们告诉我这个地区并没有水。除非有泉水时,野马和野骆驼才会在那里逗留。他们说戈壁草原有许多野马和野驴。有一天夜里我们听到远处有马蹄声,早晨我们的佣人说夜里有野马从我们帐篷旁疾驰而过。

从库勒塞隘口向南地形变成了下坡,于是我们来到了翁津河谷。这里也有一些古人居住的遗迹。我们在路上还见到了上面有文字的石柱。风力和气候的变化使得石头的文字几乎消失殆尽。我和巴尔西在一千年后才赶到这里,这真的很可惜。我们还发现了另一个石碑的基石,但我们没有找到属于它的柱子。这块基石又宽又结实。巴尔西渴望研究这个石板的衬底是怎么构建的。

我从石板的一旁挖起,发现了石板下面的瓦片。我们拿起一些木杆试图从另一面将石板翘起来。

巴尔西相信石板下面一定藏着一些宝贵的东西。但正在这个关键时刻几个人突然出现在了我们面前,明显地不太友好。我们迅速把石板放到原处,在此过程中巴尔西把他的一只脚给伤到了。我们从这次鲁莽的举动中没有得到更多有用的成果。

在翁津河边坐落着喇嘛葛根庙,这是一座藏式庙宇,外形看起来非常漂亮。从远处便可见山的北坡上有一尊用红色和黄色着色的巨大佛像,令山脚下的寺庙披上了一种特殊的神圣感。

我们继续向南和西南赶路,终于来到了赛因诺颜王的寺院。

在 9 月 15 日我们踏上径直向东北回库伦的路。这个时节的夜晚已经开始变冷了,偶尔还会飘一点雪花,但白天还是较暖和的。

路上发生了许多有意思的事情。一个年轻的蒙古人询问了我们库伦的样子,他根本就想象不出来那是什么样的。在许多地方人们在路边聚集起来观看我们这两个有趣的外国人。另外我们这次的荒漠之旅还有了一次非常难忘的相聚。

一天早晨一个蒙古人带着一封信来到我们的帐篷。信封上用芬兰语写着:“兰斯铁先生和巴尔西先生收”。

我立马叫醒了巴尔西,于是我们在惊奇中打开了信封。原来是J·G·格兰诺硕士的信。他和我们同一年春天来到蒙古,但他去了最西面,去研究阿尔泰山。令我们震惊的是他居然在阿尔泰以东一千公里处迷了路。信上说他倒了大霉。他所雇用的吉尔吉斯人带着所有的马消失了。于是乌里雅苏台的俄罗斯领事为他安排了牛车去库伦。我立马给巴尔西准备了精力充沛的马,我们两个出发了。在蒙古指路者的帮助下我们在夜幕降临时赶到了格兰诺搭帐篷的地点。巴尔西这次可成了一个好骑手。这一夜我们住在格兰诺的帐篷里,第二天早上向他道了别。三个芬兰人的这次意外的相见被巴尔西拍了下来,成为了永恒的记忆。

我们于10月2日回到库伦。我们在那里呆了两个月,工作多到不能再多。巴尔西的时间都被用来冲洗相片了,而我需要在库伦核对格尔斯顿斯基的大辞典。我最重要的任务就是把蒙古语词汇写在纸上。

当我们在库伦的时候杭达王来我们的临时住所拜访了我们。作为一个厨艺精湛的厨师,巴尔西用俄国烤箱烤了一顿特别好吃的羊排,王爷非常高兴地享用了这顿晚餐。结果从此王爷隔三差五地就给我们羊腿让我们烤。

从某种程度上来说,由于清朝发生了一些政治事件,蒙古王公中间开始有了一些不稳定的想法。可以肯定的是,蒙古人和他们的游牧生活将很快得到自由,适合开垦的土地都将被清朝开垦,杭达王经常会涉及到这方面的话题。不久他派给我一个脸上长了麻子的、又高又丑的漠南蒙古人,他说自己是个朝拜者。这个人原先在内蒙古做法官,名叫海山公。他第一次见我们时已是深夜。他悄声问我们是否可以把佣人支走,还问是否有其他人听见我们的谈话。漠北蒙古人经常以高傲的态度对待漠南蒙古人,我们的达尔加甚至不想让海山公见我们,还试图问他的任务是什么。海山公说他只是一个想从我这个圣人得到赐福和指引的朝拜者。

在达尔加和巴拉吉尔离开后,他整晚都和我们呆在一起。他道尽了蒙古人所受的苦难。88 个王公里只有 40 个明白正在发生的时事政治,海山公说,他拜访了他们所有人。其中有些人感到害怕了,他们看到了正在到来的危险。而其他的则愚昧无知,酗酒成性,拜访他们简直是浪费时间。

海山公是一个奇怪的人。他在哈尔滨创办印刷了第一个蒙古文报纸,还用蒙古文撰写过蒙古历史。他通过了清朝高官的考试,成为了李鸿章的蒙古秘书,后来又给俄罗斯秘密警察当过特工。

他想从他们那里弄到钱,因为他所有财产和随从都丢在了某个汉人的手上。作为一个俄罗斯特工他得到了游历布里亚特人(西伯利亚的蒙古人)的居住地的许可。这时他仔细观察了俄罗斯人赋予布里亚特人的权利,他对于那里的情况也并不满意。他认为蒙古人应该找到途径建立一个独立的国家。我与海山公的对话对于我来说是很新鲜的。如果站在俄罗斯的立场,这可能会是一个危险的阴谋。杭达王来取羊肉时顺便问我有没有见海山公。

这是 1909 年的事情。当我于 1912 年与硕士阿尔沃·斯塔法拉塔再次来到蒙古时,海山公已经是自治蒙古国内阁大臣,而我的朋友杭达王已经是外交大臣。我在外交大臣的办公室见了他,在他的桌子上看到了贾斯特斯波西的袖珍地图册的复印本。那是我亲自给他的地图册,我用蒙古语在每个国家旁边标注了她们的名字。很有可能正是杭达王的地理知识加上这本地图册使他成为了新蒙古国政府外交大臣。

8 我的蒙古之行(1912 年)

在我叙述我的最后一次蒙古之行前,必须提到在我上一次到来时蒙古人之间展开的政治运动一直在持续发展。

在杭达王向我介绍的海山公的要求下,我给他和一些其他熟人留下了写有我在芬兰拉赫蒂的地址的信封。他们知道这样一封信贴上一张普通的俄罗斯邮票就能找到我。

在 1910 年的秋天我意外地收到了来自圣彼得堡的一封信,仔细一看,我发现这是我自己的信封,里面的信是我熟悉的字体写的。这是一封用蒙语写的信,署名海山公。他与杭达王和库伦的大喇嘛三个人在圣彼得堡。他们请求我来到圣彼得堡涅瓦大道上的一个饭店,因为他们遇到了很大的麻烦。

我从拉赫蒂的综合学校申请了几天的休假后便动身了。我在圣彼得堡轻易地找到了他们三个。海山公很高兴,他说他知道兰斯铁肯定会帮他们的。在我们谈话的时候一个警察过来叫他们去警局接受问话。我在这事上插了个手,告诉那位警察这不可能,因为这几位绅士中一个是蒙古的大王爷,另一位是库伦两万个喇嘛的领袖,第三个人也不是什么简单的人物。这位警官说这三个人没有护照,他认为他们是西藏来的探险者。事实上这几个蒙古人没能够弄到一个护照或任何一种能证明身份的证件。他们还带来了一个年轻的布里亚特人,这是他此生第一次来圣彼得堡,他要用他的俄语知识给他们当翻译。这三个蒙古人是秘密离开自己的国家来到这里的。这次旅行的目的与一项即将来到蒙古的政治计划有关。我知道杭达王作为一个王爷在没有得到北京的政府允许之前是不能离开他的国土和自己的属民的。库伦有一个中国主管和一个俄罗斯领事。他是不可能得到出行许可的。中国的主管有一个布里亚特翻译,俄罗斯领事也有一个布里亚特翻译,因为他也不懂蒙古语。杭达王如果去库伦申请护照,他会轻易地被拘捕。这一点他自己看得很清楚。库伦寺院的管理者大喇嘛也做出了类似的解释。我试图向这位警官解释"王"这个头衔的意义,还告诉他这个王拥有六万个随从。我从方方面面向他解释,最后他保证不会带这三个没有护照的人去接受审问,也不会向军事当局报告他们的此行的任务。他一无所获地离开了。

杭达王叫布里亚特人去买羊肉并在旅馆的厨房煮好。过了片刻,我们将一个茶壶放在了屋子正中央。我们这四个政治密谋者,用蒙古的方式围着茶壶坐在了圣彼得堡高级饭店的地板上。

这时我已知道蒙古独立运动已经走了很长一段路。杭达王和他的随从来到圣彼得堡是想要从俄罗斯军务部要两万支步枪,一些机关枪和大炮。但是由于没有护照和语言能力,他们的计划不仅到一半就停滞不前,连他们自己的命运也变得相当难说。

布里亚特人带回一些水果,给我们这些阴谋家提了神。

这时一个名叫波波夫的上将出现了。我作了他们的翻译。三个蒙古人向他保证他们是所有中国的参加独立运动的人授权和委任的。波波夫上将听说这些后感到很惊奇,因为他没有提前收到任何有关的消息。库伦有一个俄罗斯外交部下属的领事馆,而边境恰克图有一个边境人民委员,他们如果先得到消息的话是会发出通报的。我不知道波波夫上将有没有通过我的调解完全相信海山公,杭达王和大喇嘛的话。不过他向拉赫蒂发了一个电报询问那里是否真的有一个叫兰斯铁的人。当我回家的时候我听说拉赫蒂的警官见了李蒂盖嫩市长并向他要了一份我的身份和信誉的证明。

波波夫上将离开的时候保证他会把消息传达到兵部。然而几个蒙古人希望他们能亲自去一趟兵部。他们特别强调了这个愿望,更希望我能做他们的翻译。

几个小时后上将回来告诉他们在四点的时候可以去兵部交代他们的事情。这几个蒙古人高兴坏了,杭达王一直拍着我的肩膀,海山公说他在漠北的蒙古觉醒运动走到今天,他真的很高兴。如果蒙古人能够拥有武器、好的领导人和俄罗斯军官的保护,向漠北蒙古移民的殖民行为就能被制止了,漠北蒙古也就会被保存下来了。

我们等到四点钟,这时一个陌生的俄罗斯官员出现了,他带了一个很年轻的俄罗斯翻译,名叫米凯洛夫。米凯洛夫不会说蒙古语,但他会说汉语,在北京的俄亚银行工作。令这几个蒙古人极其失望的是他居然不会说蒙古语。海山公的汉语显然很流利,杭达王只懂一点,而大喇嘛几乎一句都不会说。大喇嘛坚持蒙古人的事情一定要用蒙古语商讨。

显然我并不适宜插手这事,更不宜出现在兵部参加政治机密的讨论。这位总参谋部军官感谢我劳驾来到圣彼得堡,并阻止了先前那位警官出错。然后他又说在某个点有去芬兰的火车,我可以今天就回拉赫蒂

这时离火车发车只有一个小时了。我故意拖延时间,最后上了一架四轮马车,我叫马车夫慢一点走,于是正好在火车离开时到达了车站。我对于自己的迟到假装咒骂了一会,又从另一条路返回到那家饭店去寻找我的朋友们。我溜了进去,等待着几个蒙古人。

他们从兵部回来后海山公想办法掩护了我,所以护送的俄罗

斯人并没有看见我。屋里没有外人以后,杭达王和海山公立刻问我布哈拉在哪,是个什么样的国家。俄罗斯估计是想让外蒙古和布哈拉一样。由于他们几个人并不知道布哈拉,于是提出要和芬兰一样的地位。据说军事部长听到这个请求后感到非常惊奇。我对于他们的其他请求和得到的承诺再也提不起兴趣,因为我终于明白俄罗斯政府的兵部并不想真的帮助蒙古人,他们只是想着继续扩张自己已经很大的权利。我溜出饭店踏上一列晚些去拉赫蒂的火车。

随着时间的流逝,我观察着蒙古的进展。在中国,尤其是北京的情况很乱。1911 年秋天中国发生了起义,推翻了清朝统治。中国的革命者宣布了共和国的成立。我饶有兴致地静观中国和蒙古或中国和满洲的关系将如何发展。问题在于中华民国究竟是只包括汉人的土地,还是包括满洲、蒙古、新疆和西藏——这些清朝曾统治的土地。

报纸上报道漠北蒙古的众王爷和代表人员于 1911 年 12 月 1 日,通过库伦的会议宣布独立。此处我有一个问题:“蒙古”的范围指的是什么?是包括整个戈壁沙漠,还是只有漠北蒙古?或是喀尔喀联合西北的乌梁海和科布多?

我急切地想要再次拜访现如今已经是独立国家的蒙古,更想见到正在领导一个国家命运的那几个人。由于我 1909 年的旅行费还剩下一些,且上次旅行可以称得上收获丰盛,于是 1912 年我又有了一次去蒙古的机会。这次陪同我的是硕士阿尔沃·斯塔法拉塔。在圣彼得堡我听说科学院正组织一次由我的好朋友瓦拉迪斯拉夫·廓索维慈(他是卡尔梅克语教师)带领的去蒙古的旅行。廓索维慈是一个非常安静温和的学者,他在圣彼得堡大学财政部的东方部门工作,同时又是大学的蒙古语和卡尔梅克语的教师。从名字便可以看出他是个有波兰血统的人。关于这次旅行的过程，没有什么特别可说的。我对旅途太熟悉，我的思想完全被其他东西占据了，也就是去追寻一些我上次旅途中听说的古城遗迹，我还想知道蒙古人现在对于寻找和发掘古迹持什么态度。

我们当天就安全到达了库伦。斯塔法拉硕士和我去市里逛的时候在广场上遇到了一个官员的大队伍。队伍中传来海山公愉快的声音。我的朋友海山公这时已经是副内政大臣。他离开他的护卫跑向我们（这时他们正跪在地上向我们磕头），叫我第二天早上去他的办公地点，既前中国办事大臣的办公地点。他深信杭达王——现如今的外交大臣听说我来库伦的消息一定会非常高兴的。他们曾经深陷困难的境地。现在虽然依然有困难，但是有了我这个朋友帮忙就会好很多。就像在圣彼得堡的时候一样。

我在他们的办公室见到了海山公和杭达王。杭达王的面前还放着那本四年前我送给他的袖珍地图。也许正因为拥有了这本地图，才使他成为了外交部长最合理的人选。他们的办公室很简朴，正在四处巡逻保卫这个独立蒙古国的保安和士兵也没有一丝对蒙古权贵阿谀谄媚的意思。也许他们自己也需要时间来确定这个新的蒙古人自己的政权。这些士兵除了黄色或红色的木质肩章就没有其他任何证章了。那些曾是喇嘛的光头的人在他们的帽子后面缝了一条辫子。这是一个俗人的标志。由此可见连库伦的喇嘛都被招来服兵役了。

杭达王、海山公和内政大臣大喇嘛通通向我倾诉了衷肠，其内容主要是关于俄罗斯当权的活动和想法的，尤其是关于总领事的话题占了主要的内容。总领事吕巴对于库伦来说是一个新人，很显然他不懂也不太关心蒙古人的逻辑。甚至俄罗斯人也经常对他的行为瞠目结舌。我听说就是这个吕巴做事总是以自己的兴趣作为出发点，还试图指挥蒙古政府的工作。

内政大臣和外交部大臣问我是否在外国的报纸上读到了蒙古

独立的消息,问我他们的措辞和表达是什么样的,看起来是否很成功？他们对于我没有读到那样的消息感到很奇怪。因为总领事说外国的报纸上有报道。蒙古人把蒙古语写的独立宣言交给总领事的办公室,让他那里的布里亚特人翻译成俄语送到圣彼得堡和全世界。总领事吕巴邀请我吃早餐。当我问及蒙古人的独立宣言,希望得到一些更多的细节(如果有可能我自己也想要一份复印件)时总领事笑了,他说:“让他们相信去吧,如果蒙古人想要军事力量,他们会在几年内来俄罗斯军队服役的。蒙古人以为独立是儿戏,他们根本就什么都不懂。”我这顿早餐吃得很不舒服。我知道自己处在两个完全对立的集团之间了。一些天后海山公说总领事要求他这个南蒙古人离开政府。吕巴说新政府应该只接受喀尔喀蒙古人。一些来自远方草原上的王爷来到这里要求政府给自己一个职位。海山公说他在这里比某某适合多了,他觉得这是一场针对他的阴谋。

俄罗斯政府到底做什么？它到底有没有把蒙古看做一个独立的国家？这是一个我想也想不通的大问题。独立宣言被翻译后送到了圣彼得堡,然后被埋没在了外交部的文件堆里。现在蒙古国的外交部在询问英德法和其他国家将什么时候用什么样的方法通知他们把蒙古看做一个独立国家。对于这些问题,很难给出有效的建议或安慰的话语。有一次在总领事和蒙古政府之间发生了一场激烈的争执后,我只有告诉他们财政部代表廓索维慈过几天将拜访库伦,他们可以从他那里得知圣彼得堡人们的想法。我这么说后,内政大臣,兵部大臣和其他大臣居然在蒙古边境对面的恰克图安排了一个迎接廓索维慈的帐篷和护卫队。我说过廓索维慈是一个非常低调的人,当他见到这样奢华的接待队伍时感到非常意外。后来我在库伦见他时,他们已为他在领事馆门外建起了巨大的营地。那里有士兵和保安,也有一个库伦的活佛所享有的所有东西:奢华的帐篷和地毯,还有为朴实无华的廓索维慈准备的华盖。他们为他准备了精美的蒙餐和汉餐,还从活佛的酒窖弄来了大量的饮料。廓索维慈问我这一切是什么意思,为什么自己会被这般热情款待。总领事也想知道这是为什么,他还很生气。显然蒙古人是想要让廓索维慈变成一个朋友和保护者,以对抗总领事。

而我却对内政大臣和外交部大臣的自信感到挺惊奇,他们觉得这样热情的对待廓索维慈就能与他建立起可靠的联盟。我没有向廓索维慈解释这热情背后的原因,而是带给他一份来自杭达王和海山公的邀请,他们叫他第二天四点去外交部喝茶。他同意了。我们在四点前就见面后一同走进外交部。我把廓索维慈 先生介绍给海山公,然后我和海山公讨论了一会儿政治。虽然廓索维慈是一个蒙古语老师,但他是不可能听懂我们的对话的。因为我们自然讲得很快很口语化。这与成吉思汗时期古老的书面语言有很大的区别。在慎重的考虑过后,大臣们告诉我他们只想问廓索维慈先生三个问题,希望我能向他转达。

第一个问题是:“诸大国对于蒙古宣布独立有什么想法?,他们打算承认蒙古是一个独立国家吗?”我用俄语向廓索维慈传达了这个问题。他几乎用挖苦的口吻回答道:“俄罗斯不费吹灰之力就得到了这么大一片土地,其他国家当然很不高兴。”我感到很尴尬,不知道如何翻译这样的回答,于是简短地说过一会我会向他们解释。

第二个问题是这样的:“俄罗斯对蒙古有何意图? 我们应该怎么做才能保持独立于俄罗斯?”他已经用第一个问题的答案回答这个问题了,于是我依然没有翻译。接着问第三个问题。“蒙古政府应该如何应对吕巴领事对于蒙古政事的干预? 总领事总是以沙皇的名义说话,即使是在自己的私事上也一样。吕巴真的是沙皇和俄罗斯政府的全权代表吗? 如果俄罗斯政府承认蒙古是一个独立的国家,我们难道不应该自己做主自己的事情吗?”

第三个问题无论从任何角度来看都是正义合理的。我希望我能向廓索维慈先生直率地提出这个问题,但是我所处的位置太微妙了。因此我向廓索维慈解释蒙古人只是想知道他们是否在所有事情上都要按照总领事的意愿来做,或者他们自己能否决定吕巴领对于独立蒙古国政务的职责。对于这个问题他平静地给了一个干巴巴的回答:蒙古人必须听从总领事。我直接用蒙古语翻译了这句话,于是这两位蒙古政要当场表现出了极大的痛苦。我向他们保证一会再仔细向他们解释廓索维慈的话,才使得他们平静了下来。他们请我和廓索维慈享用了蒙古点心和中国点心,接待会很快就结束了。在今天这次关系微妙的接待会上,对于蒙古人的问题感到震惊的廓索维慈和作为调解员的我都没了什么好心情。我和廓索维慈一同走了出来。几百个蒙古士兵在政府门前排了成仪仗队,放下他们的步枪,向我们磕头行礼,就像他们对蒙古的活佛和王爷行的礼一样。这是一种非常庄重的礼节,但作为一个新来的人,廓索维慈显然完全没有注意到这些。

第二天杭达王派来一些人向我打听位于他地盘里的古墓的具体消息。廓索维慈先生是圣彼得堡的科学院派来蒙古取得我和巴尔西在新乌苏发现的古文字信息的。由于杭达王和他的手下并不知道石头的具体位置,我就很乐意地告诉他们想要的所有信息。

杭达王和海山公与蒙古政府的其他官员讨论后决定任命我为教育和有关学校事务的组织委员。无论从哪方面来看,这表现了他们对我的信任和尊重。但显然我不能因此丢下在蒙古的任务不管。另外俄罗斯领事似乎不太喜欢我呆在库伦。在这种敏感的气氛下我真的不想接任这份工作。

几天后,我的一个常住库伦的俄罗斯商人朋友告诉我总领事对于廓索维慈 得到的礼遇感到非常惊奇。他谴责我将自己置身于他和蒙古政府的事务之间。商人寨查布也是(我在义和团事件时期遇到他，现在他在库伦做生意），来到我这里告诉我领事的秘书有些激动地告诉他领事打算把我和我的旅伴阿尔沃·斯塔法拉塔驱逐出境至西伯利亚。寨查布给我看了一些俄罗斯的报纸。在“新时报”的一期上，有一篇文章直接提议俄罗斯应该将边境移至戈壁沙漠。很显然圣彼得堡的当权者只是在玩弄单纯的蒙古人。种种迹象表明蒙古人的独立宣言被埋没在了圣彼得堡的文件堆里，蒙古人的期待只是徒劳，直到俄罗斯继续拓展自己已经很远的边境。

我开始尽可能地回避与蒙古大臣们的联系。我和我的旅伴已经准备得够充分了，几天后，我们离开了库伦。无论如何，在离库伦30公里远的地方（=20英里），我给杭达王和海山公真诚地写了一封长信，将廓索维慈的回答和吕巴的意图全都告诉了他们，其中也包括涉及到我的事情。我托一个路过的蒙古人把信捎去，过些天后我收到了回信。

我试图告诉他们，他们必须有一个能为他们辩护的全权代表去圣彼得堡的俄罗斯政府。如果他们的独立被认可了，他们就应该派自己的代理人去德国、法国、英国、美国和日本。回信中我得知一个名叫宾斯特的英国人（据说是北京的英国公使馆的一员）正在蒙古，于是我被任命给这位英国人写一封信，以阐述蒙古独立的想法。在他们的指示下，我绞尽脑汁用英文写了一封信。

同时，我又得到了给土尔扈特的帕拉塔王写信的任务，帕拉塔王这时已经是蒙古西部阿尔泰地区的总管。他从没有参加过蒙古独立运动，而是把自己的地盘管理得像一个中国官员。没有人知道他现在到底听从旧的帝国还是孙中山建立的共和国。他们需要用卡尔梅克语给他写一封信。蒙古人并不懂卡尔梅克书面语，虽然他们拥有几乎一样的语言。我不知道这封信有没有到达那里，更不知道是谁在信的后面签了字，也许是外交部大臣杭达王，也可能是内政副大臣海山公。

这样重要的事情让我碰上了,因为蒙古人不懂太多语言,这使得他们置身于世界之外。海山公让我给“新时报”报写一篇文章,其中有许多谴责吕巴领事的观点的地方。我并不知道这篇文章的下落,但我给自己在俄罗斯圣彼得堡的朋友安德雷·路德涅夫寄去了这篇文章的摘要。

库伦有一个名叫扎木查诺夫的布里亚特人。他是圣彼得堡大学的一名蒙古语教师。我很早以前就听说他是一个热情的蒙古英雄史诗收集者。他对于蒙古国的独立运动充满信心,他是在库伦印刷的名叫“Shine toli kemekü bičig”“名为新鉴书”的报纸的编辑。他深信蒙古的繁荣即将到来,他认为蒙古的现代教育必须赶上其他国家。他还希望我能为蒙古的发展做出贡献,于是我给他的报纸写了一篇很长的关于回鹘人的文章。这篇匆匆忙忙完成的《回鹘简史》分三部分刊登在了扎木查诺夫的报纸上,不久又应读者的要求发行了单行本,这些成为了学校的课本。那时上学的人的水平都能看得懂我写的回鹘帝国和突厥王朝,还有她们在蒙古地方的古城和古迹。

我不想继续再在这里叙述俄罗斯对于蒙古独立运动采取的一系列措施了。我这次旅行的目的是研究突厥人和他们的继承人——回鹘人的历史。我和我的旅伴阿尔沃·斯塔法拉塔带着一辆小篷车、两顶帐篷、十几匹马和四辆马车,从库伦出发向西北方向一天天地慢慢行进。我们看到了许多墓和纪念碑,但很长时间以内都没有找到特别新的东西。喀喇河下游的南岸上有一处相当大的居住痕迹,有可能曾是一座城。总体上看来鄂尔浑河和色楞格河以及它们的支流附近有很多古迹。

我再一次来到了杭达王的寺院。这里建起了许多新建筑。商人莫格尼科夫在其中拥有了一个漂亮的新房子,他是一个业务很

作者与斯塔法拉博士在他们的帐篷里,坐在地上的两个蒙古人是他们的雇佣

安德雷·路德涅夫教授和他的妹妹斯坦雅在萨雷普塔,他们穿着卡尔梅克服装

广泛的商人。他与杭达王关系很好,也因此增加了自己的财产。有一次他在恰克图的途中丢失了所有的财产,于是搬到了杭达王寺的附近居住。他说杭达王经常提到我,还说因为与我的相识使得他在某种程度上得到了杭达王的青睐。我听说吕巴领事想要整个国家金矿的采矿权利,蒙古政府可以获得 16% 的净收入。莫格尼科夫则想采鄂尔浑河和色楞格河附近的金矿,25% 可以属于杭达王。但吕巴实现了最不讨人喜欢的计划。

我们从杭达王寺出发继续西行,这次比我和巴尔西的路线偏北一些。沿着哈乃河和呼内河有许多古墓。在这些河流的交汇处以南有一个巨大的古城遗迹。一些城堡的残骸引起了我的注意。蒙古人告诉我这个城堡曾属于一个名叫额勒吉格太的汗。城堡被大火烧毁的痕迹非常明显。

在哈乃河和呼内河交汇处(之后流向色楞格河)的一个高山上有一座古堡。古堡的前院和中院面对着河,东边有一个内院的位置高一些。城墙很矮,但对于远处来说曾起过塔的作用。前院的大门附近地上有一块黑石,大约有两米高一米宽,它的表面被打磨光了,上面全是文字。这些文字既不是古突厥语,也不是汉语或粟特语,却很容易使人想起早期突厥石碑雕带上的装饰纹。从任何方面来看,这奇特的文字都应该是突厥以前时期的。我给哥本哈根的威尔恒教授寄了一张照片,他说:“我们又有新谜题了”。一直没有人能够破译这奇怪的文字。这堆遗迹是一座由石堆瓦片和泥土组成的小山。遗迹的中间有一个巨大的坑,里面的石堆中长了柳树和灌木,它们享受着冬雪和春雨的滋润。

我们向北行进到色楞格河,过河后道路沿着一座山伸展了一段距离。这里有古运河的遗迹。河附近的树丛中坐落着一座名叫百八里的寺。这座寺被建在了一个大土墙院子的角落。这个地方曾经显然有过一个很大的居住点。百八里显然就是新乌苏石碑上提到的“富裕之城”。百八里据说是汉人和粟特人建立的。在古城附近我注意到山坡上有古路的痕迹,它们很宽,在山腰上盘旋。这无疑属于过去的时代。我又想起巴尔西的话:我们至少又晚来了一千年。我们没有得到什么太大的发现,当然我们的旅行也不是一场徒劳。旅途中只要一有机会,我就会记录当代蒙古语词汇。这本词典本身和所搜集的语言材料对于我来说就是此次旅行最大的收获了。在这次大面积的无人区调研结束后,我和斯塔法拉塔在 1912 年圣诞节安全地回到了家里。